ジョン・ウェブスター
John Webster
吉中孝志＝訳

悪魔の訴訟

「またのタイトル、女が法に訴える時、悪魔が忙し」

The Devil's Law-Case.
Or, When Women goe to La
the Devill is full of Business

小鳥遊書房

この訳業を、亡き娘、千尋の霊に捧ぐ。

No, no, no life!
Why should a dog, a horse, a rat have life
And thou no breath at all? O thou'lt come no more,
Never, never, never, never, never.

（Shakespeare, *King Lear*, 5.3.304-7)

目次 *Contents*

【新悲喜劇】

悪魔の訴訟

またのタイトル、女が法に訴える時、悪魔が忙し

原本の正しく完璧な抄本

お妃さまに仕える劇団[*1]により上演され好評を博したそのまま

「長さよりも質が大事[*2]」

ロンドン

書肆店主ジョン・グリズマンドのためにオーガスティン・マシューズにより印刷され、ポールの小道、鉄砲の看板のある店で売られる

一六二三年

＊1　アン女王一座、イングランド王ジェームズ一世の妃デンマークのアン（Anne of Denmark, 1574-1619）の庇護を受けた劇団。

＊2　ローマの哲学者、悲劇作家セネカ（Seneca the Younger, c.4B.C.-A.D.65）『道徳書簡集』（A.D.64）、「演劇の上演に関してそうであるように、人生においても大事なのは、どれほど長いかではなくどれほど良いか」からの引用。

凡例

・訳註は文中に＊を付し、該当箇所に近い左頁、もしくは次の見開きの左頁に記した。

・訳註は、テクストの語句や内容に関する説明と演技や上演にかかわるものとを、ゴチック表記の有無で、分けて付けた。

・作中、現代では差別的と捉えられかねない表現も出てくるが、一六〇〇年代の背景や原著者の意図を尊重し、そのまま訳出した。

・本文下に行数を記したが、韻文と散文が混在しているため、また、翻訳であるという性質上、厳密に原文の行数を反映したものではない。

・ト書き部分の（　）は原文のママ、［　］が使われている部分は *The Works of John Webster* を参考にして訳者が挿入した個所である。

登場人物（登場順）

ロメリオ　商人
プロスペロー　［商人］
コンタリーノー　貴族
レオノーラ　［未亡人、ロメリオとジョレンタの母］
エルコール　マルタの騎士
ジョレンタ　［ロメリオの妹］
［ウィニフリッド］　侍女
クリスピアーノー　民事弁護士
サニトネッラ　［クリスピアーノーの助手］
ジュリオー　［クリスピアーノーの息子］
アリオストー　法廷弁護士
［バプティスタ　商人］

カプチン会修道士
［外科医その1］
［外科医その2］
コンティルーポー　［めかした弁護士］
［アンジョレッラ　尼僧］
［判事付き事務官］
［伝令］
［召使たち、町の触れ役たち、裁判所の記録係と事務官たち、裁判官、弁護士］

正しく有徳の、
そしてあらゆることに洗練された紳士、勲爵士・准男爵、
トマス・フィンチ卿殿へ、[*1]

閣下、私があなた様の御賛助を切望するということを不思議に思わないでいただきたい。何であれ善の気味がある物は、善の真髄の近くで庇護されることを愛するもの。あなた様の美徳という原本に、ただこのように触ったからといって、私は（私の嫌悪する）お世辞を言っているわけではございません。あなた様には以前、『白い悪魔』、『モルフィ公爵夫人』、『ギーズ』[*2]、などなどの私の他の作品の幾つかを、

*1　トマス・フィンチ　――フィンチ卿（Sir Thomas Finch, 1578-1639）は、母方の祖父がエリザベス女王の王室で副侍従の地位にあった家系。一六〇九年にナイト爵を授けられ一六三四年にウィンチルシー伯爵。この劇が上演されたフェニックス劇場（のちのコクピット劇場）のあったロンドンのドルーリー・レーンに住んでいた。
*2　『ギーズ』　――原題は、*Guise*。一六一四年から一六一八年頃に制作されたと思われる、おそらくフランスの貴族ギーズ公爵の生涯を基にした劇で、現存していない。

観ていただきました。あなた様の御手に口付け、そしてあなた様の承認をいただけますように、この劇を謹んで献上致します。そのことにあまり疑念を抱いてもおりませぬ。ローマ皇帝の一番偉大な方々ですら、私の作品より劣った詩を上機嫌で受け入れたことがあると存じておりますから。それに、もしも私が私の作品を価値のないものと思っておりましたならば、かくも価値ある賛助を求めるなど致しておりませんでしたでしょう。あなた様ご自身が親切の塊であると私は理解致しております。ですから、あなた様のご承認を疑ってなどおりませんし、むしろ私は賢明にもあなた様を選んだものだと、その幸運を確信しているのでございます。と申しますのも、わたくしめにその寵愛がいただければ、私はとこしえに心安んずることになりましょうから。

謹んで、忠実な閣下のしもべ
ジョン・ウェブスター

賢明なる読者へ

私は、この種類の詩作品において、無知から生ずるあの悪から逃れていることが、ホラチウス[*1]の詩が述べた、「愚かさをなくすことが知恵の始まりである」ということと同じだと考えています。その悪から、思いますに、この劇は見事に放免されることでしょう。だからこそ、私はこの作品を賢明なる方々にご披露致すのです。「たくさんの影が入る余地もある」でしょう。つまり、招かれずにいらした、他の方々も席にお座りになり、読んでいただけます。しかし、こういった方々にとっては、たとえ最高に素晴らしい音楽をお聞かせしたとしても、「シターン[*2]の弦の音色は膿が出て病む耳に喜びを与えない」のと同様に、楽しんではいただけないでしょう。私はこれ以上、作品を推奨していただくことに固執するつもりはございません。私は、これっぽっちも自画自賛しようなどとは思ってもいませんので、私に

＊1　ホラチウス――ローマの詩人ホラチウス（Horace, 65B.C.-8B.C.）。この個所の引用はすべて、『書簡詩』（紀元前二〇年、紀元前一四年）から。
＊2　シターン――一六―一七世紀に流行したギターに似た古い弦楽器。

恩恵を与えるべくこの作品の初めの部分に私が求めもしなかった推薦の詩文を押し付けてくる様々な私の友人に譲歩することはありませんでした。この劇の良い部分、美点の大方は（白状しますが）演技にありました。それでも、どんな演技も、言葉の適切さと場面の巧みな構成とが完璧な調和を作り上げる域に達しなければ、洗練されたものには決してならないでしょう。これに失敗してしまったところは、私の他の作品をお試しになった皆様、（この作品を読んで）私を非難して下さいまし。残りに関しては、「我、気まぐれな大衆の票を追い求める者にあらず」です。

場面、ナポリ

一幕一場*1

ロメリオ、そしてプロスペロー登場。*2

プロスペロー　莫大な富を見せてくれたもんだ。イタリアに住んでる商人で、君の財産の半分も持ってたやつはいなかったと思うよ。

ロメリオ　スペイン王に年に一万ダカット*3払えば、

*1　場所は、レオノーラの家の前。
*2　ロメリオは、四幕二場で判明するように三八歳、プロスペローと共に商人の格好をしているが、後者の節度のある服に比して金持ちらしい豪華な服を着ている演出が適切であろう。プロスペローの原義は、「繁栄［成功］させる」であるから皮肉が暗示された名前でもある。

俺の年間の関税[*4]支払い分だな、それくらいの規模の商いをやってんだ。たぶんオランダ人たちだって俺ほど手広く商いをやってはいまい。俺の仲買人の女房たちは、流行のビロードの帽子を被ってるし、俺の代書人は、ただ俺が雇ってやってるってだけで、たいそうな金持ちになって大御殿を建てて、庭には物見やぐら付きの東屋《あずまや》や楽を奏でる水仕掛けまであるくらいだぜ。俺は、人生一度だって海難で損失を被ったことはねえ。取引所で人は俺のことを幸運な若旦那と呼び、投機的な事業を一緒にやってくれって熱心に頼むんだ。だんな、俺は商いの仕方には不思議なくらい自信があんだよ。宝くじ事業[*5]を創設して儲けるのと同じくらい確実だと計算しているんだ。

プロスペロー　なあ、だんな、バプティスタ氏の財産、どう思う?

ロメリオ　単なる貧乏人だ。やつは、五万ダカットくらいの価値だな。

プロスペロー　そりゃ、よくないか?

ロメリオ　何処がいいんだ？　一人の人間が、わずか五万ダカットのために
二〇と三歳の時から六〇歳まであくせく働いて、
溶けて雪解け水になっちまうんだぞ。
プロスペロー　君の財産に比べりゃあな、そりゃわずかだよ、認める。
君の黄金は、その洪水で溺らされちまうほどあるからな。
ロメリオ　　　　　　　　　　全くだ、それに銀貨のほうは、

＊3　ダカット——一六〇八年、ヴェニスでは一ダカットが四シリング八ペンスに相当したという記録があり、イングランドの一五九〇年代の日雇い労働者は通常一日に四ペンス稼いだという（Mortimer, p.150）。一シリングは一二ペンスだから、一ダカットは五六ペンス、一四日分の日雇い賃金ということになる。もしも日給一万円で換算すると一万ダカットは一四億円か。ちなみにシェイクスピア（William Shakespeare, 1564-1616）作『ヴェニスの商人』（*The Merchant of Venice*, 1596）のアントニオーがシャイロックに借金した額は三千ダカット（1.3.1）だった。

＊4　関税——イタリア支配をめぐるフランスとスペインとのあいだの紛争を終結したカトー・カンブレジ条約（一五五九年）によって当時、ナポリはスペインの支配下にあり、貿易関税の支払い義務があった。

＊5　宝くじ事業——イギリスでは、一五六九年に始まり、一六一二年にはジェームズ一世がヴァージニア植民地の収益のために大規模な宝くじ事業を行なっている。一六二〇年までには、主に金儲けの手段とみなされるようになり、枢密院の命令で停止されている。ヴァージニア宝くじの管理には不正があったことが噂されており、商人ロメリオのうさん臭さが暗示されているとする批評家もいる。

俺がそれをぎっしり詰め込んで東インド諸島に送らなかったら、
供給過剰になってるはずだよ。

召使登場。

召使　高貴なるコンタリーノー様がお見えになりました。　［退場。］
プロスペロー　ああ、彼の用は知ってるぞ。君の妹に求婚してるんだよな。
ロメリオ　そうだよ、だんな。だが、君には、
一番信頼する友達だからはっきり言うけど、
その縁組は壊してやるつもりなんだ。
プロスペロー　　　そりゃ、君、わかってないよ、
イタリアじゅうで彼ほど古い家柄で
完璧な紳士はいないよ。
ロメリオ　紳士階級について何をおっしゃるやら。それは過ぎ去った時代の
迷信的な遺物以外の何物でもない。
篩《ふるい》にかけて本当に価値のある部分だけ残しても、大昔の金持ち、
ってだけだな。彼を見てれば わかるだろ、

紳士たちは哀れなほど衰えている。土地を売りたいというのを
口実にして、やたらとうちへ来るんだ。
で、その三倍の元を取るために、俺の妹の愛を
得ることができないかと考えている。

プロスペロー　きっと彼は妹さんを一途に愛してるし、妹さんもそれに相応しい。

ロメリオ　うん、たとえ妹の背中が
曲がってたって、こんなに持参金があるんだから
高貴なる求婚者たちは来るわな。でも本当のところ、
俺は、俺のところへ来る高貴な投機家さんには気を付けてほしいと思うだろうな、
金色の頭をした魚を捕まえたいと願ってるのに、
たぶん餌用の小魚を引き上げるかもしれんねえってことをよ。

コンタリーノー登場。

プロスペロー　お出ましだ。だんな、失礼しますよ。　［退場。］

コンタリーノー　あなたに申し上げた売地の
権利証書をお送りしましたが。

ロメリオ　はい。

コンタリーノー　あなたの弁護士は読まれただろうか？

ロメリオ　いえ、まだなのです、閣下。ご旅行なさるおつもりですか？[*6]

コンタリーノー　いや。

ロメリオ　ああ、では、一番、男を完全無欠にする機会を失うのですね。

コンタリーノー　だが、わしは、アルプスの山を越えて、[*7]自らの美徳を外国の悪徳と高価なレートで交換してしまっただけの、様々な人たちのことを聞いたことがあるぞよ。

ロメリオ　ああ、閣下、怠惰に寝ていてはいけません。偉大な精神の持ち主にとって最も重要な活動はけっして活動を止めないということです。魂というものが、数学的正確さで動く、たぐいまれな、かつ綿密に作られた部品をもつ肉体の中に、じっと動かないでいるために入れられたとは決して思うべきではないですよ。美徳とは、常にその種を蒔くということだ、

高い地位を得て、名誉を築き上げるすべての人々の中でも
とりわけ、兵士にとっては、塹壕の中で、
学者にとっては、夜通しの研究室の中で、
我々、商人にとっては、海を渡る航跡の中でね。ほら、わかりますよ、
そんなにたくさんの資金をこしらえようとなさるなんて、
何か気高く偉大な計画を手掛けておられるんですね。

コンタリーノー　　あなた、実は、
お金の大部分は、私の借金返済に
充てるつもりなのです。で、その残りは
もっと大きな債務証書を私にもたらすことになると思います。
それが目的なのですが。

ロメリオ　どういうことですかな？

……………………………………

＊6　ロメリオの一貫性を欠くここでの突然の質問はコンタリーノーを一瞬困惑させる。
＊7　アルプスの山を越えて——舞台はナポリなので、コンタリーノーは北ヨーロッパを指しているが、イギリスの観客には、悪徳の蔓延ったイタリア旅行への警告となっている。

コンタリーノー　私の結婚費用の支払いに充てるつもりなのですよ。
ロメリオ　結婚なさる予定なのですか、閣下[*8]？
コンタリーノー　はい、そうです。さあ、あなたのお許しを請わねばなりません、
　商取引を一つ、あなたに隠していましたので。
　あなたに知らせないまま、ここまで仕事に携わって婚約するほうが、
　あなたの意に逆らってそうするより、交友関係における過失が少ないと
　思うのでなかったならば、そのことを最初にあなたに
　御相談申し上げていたでしょう。もう一つの理由は、
　私がどんな莫大な富をもたらす航海に乗り出したかを、
　その宝庫を自分のものにするまでは、
　世間に公表したくも、ひそひそと
　話されたくもなかったからです。
ロメリオ　　　　まだおっしゃられていることがよくわかりませんが。
コンタリーノー　はっきりと言いましょう。あなたの妹さんと私は、
　お互いのものだと誓い合ったのです。そして、それを結婚と呼ぶには、
　彼女の尊きお母さまとあなたの正当な同意がありさえすれば
　よいのです。これこそ友情を、結ぶだけでなく

我々の子々孫々のために、確実にする
方法ですぞ。どう思われるかな？

ロメリオ　我が家を昇格させる大黒柱に支えられているかのように思います。
本当ですよ。なんと、名誉なものをもってきてくださった、
繁栄の核心部分ですよ。正式な行列で、私の小さな甥たちが
伯父よりも先に馬に乗って進み、娘たちは
典礼執行の際に司宰によって母親よりも前に
並ばされるのを見られるまで長生きしたら
誇らしいでしょうな。これすべて、あなたの
高貴な身分に由来するもの。その申し出に私が強く惹かれても
お咎めなさらぬように。
我々一般市民には、ほかならぬこの名誉は
大好物ですからねえ。特に

＊8　ロメリオはこのことを既に知っているので、とぼけて発する台詞。続く、結婚に賛成するかのような言葉も観客には苦々しい皮肉とわかるように表現する必要がある。

お金を払わなくてもいただける時には。そんなことはめったにない。
しかし、私の今の気持ちに気付かれておられるように、
確実に私はあなたさまの味方ですよ。［傍白］おまえの自信過剰の狙いには
軽蔑と嘲笑で感情が燃え立たせられるわ。［聞こえるように］そして、きっと
母もあなたさまと同じ考えでしょう。

それが私の願いです。

ロメリオ退場。*9

コンタリーノー
このロメリオは、不遜な自惚れによって、それが
だいなしにされさえしなければ、とても尊敬すべき資質をもっていると
私は確かに気付いておる。さて、今や結婚には
母親の賛成を残すのみだ。
彼女は、都会生まれで貴族ではないが、あんな威厳と
物腰をもった女性なので、言葉遣いにも、服装にも、
そして食事の仕方においても、宮廷のご婦人方よりも
勝《まさ》っておる。派手に着飾ってはいないが、
彼女が一つ、ダイヤモンドを身に着けているのを見たことがある。
それで宮廷婦人たちの服から華やかなダイヤを二〇個は買えただろうし、
おまけに、それは、神の恩寵がなくても、彼女らの貞操からその幾つかを

贖ったろうくらいのダイヤモンドだった。[10]

レオノーラ登場[11]

彼女が来た。私が娘と婚約したことを言わないで、どれくらい彼女が私に味方してくれるか試してみよう。

レオノーラ　高貴なおでまし、歓迎致します。当然ながら、

＊9　ロメリオの退場を、いとまごいの挨拶と取れるコンタリーノーの台詞「それが私の願いです」の後にせず、その前にさせれば、ロメリオの尊大な態度をさらに強調した演出にできる。

＊10　ダイヤモンド――『モルフィ公爵夫人』では、再婚を望む公爵夫人が自分自身をダイヤモンドに重ねている台詞がある（'Diamonds are of most value, / They say, that have past through most Jewellers hands', 1.1.286-87）が、兄のファーディナンドは次の行で、それを女性の貞操に重ねて、多くの宝石商に取引される宝石、すなわち女性は売女（'Whores'）だと断ずる。

＊11　レオノーラは、少なくとも五〇歳代の未亡人、喪服を纏った姿で登場。コンタリーノーには気付かれないが、彼に好意をもっている女性として観客には伝わるような演技が必要とされる。

この場所では心からあなたさまにお仕え致しますので、何なりとお申し付け下さいまし。
コンタリーノーー　多くの特別なご厚意にいつも感謝致しておりますぞ。
レオノーラ　あなたさまの名声からして当然のことでございます。
コンタリーノーー　そのお言葉、大気の中を飛ぶには、あなたの息ほど甘美なものはけっしてあり得ないと思わせるほどです。
レオノーラ　長いあいだ、疎遠ご無沙汰でございましたわね。私たちの遅い食事時間にうんざりしておられるのではないかしら。
確かに、取引所の鐘[*12]のせいで私どもはこんなに遅く食べるのです。
私たちから、宮廷のご婦人方も朝寝坊することを学んだのだと思いますわ。
コンタリーノーー　彼女たちのあいだにも一種の取引所がありますよ。
本当に、噂話の交換のためじゃないなら、私が思いますに、
彼女たちのは、衣服も新しい流行も品ぞろえの悪い
新王立取引所[*13]みたいなものですな。あなたにお願いがあります。
レオノーラ　たとえ、あなたの願いは既にかなえられています、と私が言ってもそれをそれだけ価値のないものとはお考えにならないで下さいね。

コンタリーノー　あなたは、恵み深さの権化ですな。
私にあなたの似姿[*14]を授けていただきたいということです。
レオノーラ　ああ、コンタリーノー様、影法師である肖像画も木陰も
盛りの夏に切望されるもの。私に関して言えば、今は葉の落ちる秋。
コンタリーノー　あなたは、人生の一番いい時期を享受しておられる。
あなたのこの第二の春は、私の目には、
カッコウの歌声[*15]にのみ
限定された季節よりもさらに実り多く

＊12　取引所の鐘――一七世紀初頭のロンドンでは、商人たちの取引開始を告げる鐘は、午前一一時から正午のあいだに鳴らされ、商人たちの朝食は、正午を過ぎてからだった。本来、中産階級の人々が貴族階級の生活様式を真似る時代であったから、それが逆になっているという台詞には皮肉が込められている。
＊13　新王立取引所――一五六六―六七年にサー・トマス・グレシャム（Sir Thomas Gresham, 1519?-79）によってコーンヒルに建てられた旧取引所に対抗して、一六〇九年にストランド街にオープンした The New Exchange には、数多くの店舗が並び、女性のために流行の衣料を提供するはずだったが、不振であった。
＊14　あなたの似姿――ジョレンタのこと。コンタリーノーは、レオノーラが誤解して、文字どおり自分自身の肖像画だと思っていることに気付かないまま台詞を続ける。

そのうえ、さらに穏やかに見えますぞ。

レオノーラ　本当に、コンタリーノー様、あえて申し上げます。

私の鏡は嘘をつきません、が、それでも

まだ私を恐怖させるほどではありません。私の似姿をどうしても？

コンタリーノー　お願いします。そうしていただければ、

それを宝物のように大事にします。

レオノーラ　どうしても私に妙な罰を申し付けられるのですね。

描かれる時に、女性はどんなに、不自然な顔つきをして

座っていなければならないことか！　様々な女たちが

作り笑いをするために、もしくは、おちょぼ口にするために

唇を内側に吸い込んだり、えくぼが見えるようにするために

頬にしわを寄せたりして、見せかけの表情で

顔をぐちゃぐちゃにするものだから、次にポーズをとった時には

前とは違う。半時間ほど座った後で、

顔の全体の形がすっかりなくなってしまった

女性たちのことも知っていますわ。

コンタリーノー　どうやって？

レオノーラ　暑い日でね。
彼女たちの顔に塗ったお化粧がとても柔らかくて溶けちゃったものだから
可哀そうな画家さんは、絵のほうじゃなくて、描いているモデルを直すのに
半時間ごとに余計に筆を動かすので一生懸命だったわ。でも、本当のところ、
もし私の肖像画を生き生きと描いてもらうなら、
画家さんには、こっそり写し取ってほしいわ、たとえば、
私が敬虔に跪いて祈っている時とかの姿を。
そうすれば、絵には神々しい美しさがあって、
外観に魂が宿るわ。
コンタリーノー　素晴らしいご婦人だ、
今度は、美というものに、色艶があせるのを防ぐ以上の保存法を
教えておられる。あなたの思慮分別は
あらゆることにおいて完璧だ。

＊15　カッコウの歌声――春の渡り鳥カッコウ（cuckoo）は、cuckoldry を連想させ、四幕二場の裁判で、若い時に夫を「寝取られ男」にしたと主張する妻レオノーラへの皮肉な反響がある。ロメリオ自身も裁判中にカッコウ扱いされている（4.2.127）。

レオノーラ　実に、コンタリーノー殿、私は未亡人で、
　私の思慮分別を完全にするために付け加えるべきものを欠いております。
　と申しますのも、男性の経験こそ女性の最も良い視力であると
　常に考えられてきたからです。お願いです、教えて下さいまし、
　土地の一区画を私の息子に正に
　お売りになるところであるとお聞きしましたが。
コンタリーノー　まことに。
レオノーラ　さて、むしろ私は、高貴な方々は、
　そのようなお仕事のためにわざわざ街にまで
　お訪ねになるよりはむしろずっと郊外にお住みになっているほうが
　よろしいのでは、と思います。ああ、コンタリーノー殿、貴族の館は、
　何処を向いても、ご自分自身の所領を眺めるに越した
　見事な眺めをもってはいないでしょう。土地の荒廃[*16]は、
　教会所有地を請い求めることに次いで、あらゆる人々が
　憐れむに値する没落です。コンタリーノー殿、私には眠った四万クラウンの
　箪笥貯金があります。あなたがお望みの時に起こして
　あなたの用立てに飛んで行かせましょう。夕食を食べていかれますか？

コンタリーノー　いや、尊きご婦人、できません。
レオノーラ　あなたさまには、その不動産を売るためではなく、分与するために、ここへいらしてほしかったですわ。どうして私がこんな申し出を致しておりますかご理解していただきたい。では、失礼致します。

退場。

コンタリーノー　なんという金蔵に降り立ったことか！「どうして私がこの申し出を致しているかご理解していただきたい」と。
彼女は何らかの情報をもっているな。どのように私が彼女の娘と結婚するつもりか、そして、私が彼女に懇願した「彼女の似姿」で私が美しいジョレンタのことを意味しているのだと
賢明にも察知した。ほら、手紙だ。
真夜中までは彼女のもとを訪ねてはならない、とはっきり

＊16　土地の荒廃——一六一六年から一六二三年のあいだにジェームズ一世は三度布告を出して、地方の貴族、郷士たちが自らの所領に留まり、ロンドンに出てくることがないようにと命じ、地方が荒廃することを懸念していた。また、宗教改革以降、没収されたカトリック教会の土地が、それに関われば不幸なことが起こるという風評にもかかわらず、非聖職者によって買われたり略奪されたりしており、一六〇四年の法令でも更なる譲渡が禁止されていた。

命じてある。
［読む］必ず来て。私たち二人の名誉にかかわる
用事だから。
　　失われる危険の中にいる、あなたのもの、ジョレンタ。
変な指示だ。いったい何の用事だろうか？
心変わりしてなければいいのだが。すぐにそこへ行くよ。
というのも、こういう行動においての女性の決心は、
蜂のように、時には花にも停まり、時には雑草にも停まるものだからな。

退場。

一幕二場[*1]

エルコール［手紙を持って］、ロメリオ、ジョレンタ登場。

ロメリオ　ああ、妹よ、来なさい。おまえの花嫁衣装を作るために、仕立屋が仕事にかからなければ。
ジョレンタ　墓を作る人でしょ、私の棺桶の寸法を計るためによ。
ロメリオ　墓を作る人、だって？　見てごらん、スペイン王がおまえに敬意を表しておられる。
［彼女にエルコールの手紙を差し出す。］
ジョレンタ　これ、どういう意味？　私に召喚状を送達するの？
ロメリオ　召喚状？　おいおい、なにかうまいことを言いたいんだな。
ジョレンタ　まあ、お願い、これ何なの？

＊1　場所は、おそらくレオノーラの家の中、内舞台で演技される。

ロメリオ　おまえへの無限の恵みだ。この紳士をおまえの夫にと推薦する、全キリスト教会の王さまからの手紙だよ。

ジョレンタ　いずれ適切な時が来ればね。でも王さまには私の忠誠心を無理に引き延ばして私自身を破滅させてもらいたくないわ。

ロメリオ　おまえを破滅させる？　実際、王さまは公言なさってるのだ、ここにいる紳士を――

ジョレンタ　反逆者として？　じゃないわよね？

ロメリオ　気でも違ったのか？　最も高貴な紳士の一人としてだ。

ジョレンタ　でも王さまたちは、単に人間の外観しかわからないって普通そうじゃない？　それにこの推薦って自発的なものだと思う？

ロメリオ　自発的、そりゃどういう意味だい？

ジョレンタ　あら、私にはあの人が王さまに懇願したとしか思えないわ。
だからこれ、無駄になるかもね、王さまの管轄外だから。
もっといい人に求婚したほうが、そのほうが、エルコールさんのために
もっと良かっただろうと思うわ。推薦状なんて、
いやはや、それは今時、大学の職が空いた時でさえ、
干からびて役に立たなくなったってよく聞くわ。
お願い、この通行許可書、彼に返してあげて。宮廷人に

なるのを熱望している未亡人にとってなら、この紙切れ、
騎士が果たす忠実な奉仕をするかもよ。
エルコール　お間違えにならないでいただきたい、うるわしきジョレンタ様。
この推薦書には、スペイン国王陛下が私に、
私が身に着けているものでおわかりのように、名誉の称号と
三〇隻のガレー船をここで率いる職の両方を与えて下さった
ということが明記されています。あなたのお兄さまは、これを
あなたが私の幸運を共に分かち合う人になるようにと願って、
お見せになったのです。
ロメリオ　［ジョレンタに］頼む、こっちへ来い。俺におまえに対する何らかの利害関係はあるかな？
ジョレンタ　あなたは、私のお兄さまです。
ロメリオ　では、その敬意をもって俺を扱ってもらいたい。
いつもそういうふうに俺に接しろ。そして、おまえは、
最も大いなる熟慮を要する
この人生の一大事、おまえの結婚に関しては、
兄の指示によって統治されるべきだ。ここにおられる紳士は――
ジョレンタ　では、お兄さま、私、何度か申し上げましたわよね、

私は、そっちのほうに折り合うほどには、ほとんど自分のものじゃなくて
決してあの人のものにはなることができません、と。
ロメリオ　　ほら、あんまり強い貴族の威光のおかげで
おまえは月盲症*2になり物事が判らなくなっちまったのだな。爵位は大好きなんだろ?
なら、その絶えざる業務がみな古い家柄に関することであられる紋章官さまに、
それか、流行遅れの古めかしい厚底の編み上げ長靴をはいた古物研究家さまに
おまえに求婚に来てもらうぞ。
エルコール　おい、おまえは、私のような生まれの
紳士に対して今までに加えられた不当行為の中でも
最もひどいことを私にしたな。
ロメリオ　なぜです、だんな?
エルコール　私がおまえの妹と結婚すべきだという
実体のない確信でもって私を誤解させ、
それを私の友人たちに公言し、
彼女に寡婦財産を設定するために、
我が国の一流の弁護士たちを雇った。要するに、
私の友人たちと敵たちの両方に

私が滑稽にならねばならなかったということだ。私が、男らしくないおまえの振る舞いの厳密な説明を求めておまえを呼び出すまで、おさらばだ。

エルコール様、お待ち下さい。

ロメリオ　［ジョレンタに傍白］おまえ、俺の喉を掻き切らせたいと思っているのか？

［エルコールに］御前さま、今しばらくお待ち下さい、彼女の目からこの宮廷風のもやを拭い去りますまで、このぼんやりした眠りから彼女を起こしますまで。妹は、その眠りの中で自分自身が醜い物乞いになった夢を見るつもりなのです。［ジョレンタに］おまえは、高貴なるコンタリーノー様と結婚したいと思っているのだな。

＊2　月盲症——元来は、獣医学用語で、月の影響で断続的に目が見えなくなると考えられていた馬などの動物の病名。ウェブスターの父親が、馬車の製造業を営んでいたことと、そのすぐそばに馬や家畜の市場があったこともあってか、馬に関する表現は作品にしばしば現れる。

レオノーラ登場[*3]。

レオノーラ　コンタリーノー
のことを言っていたの？　あの人は昨晩、サイコロ賭博で
五千ダカット失ったわ。そして、それがなくなってしまうと
一振りに領地を賭けたの。それって最初の負けの
二掛け三倍の額よ。

ロメリオ　で、それは、後に続いて飛び去ったわけだ。

レオノーラ　そして、ご丁寧に
その紳士を豪華な馬車で
弁護士の事務室に運び、極めて法的な手続きで
所有者にしたのよ。これって、賢明なこと？

ロメリオ　ああ、そうだ。賭博ってのは、信頼というものが
誇りを置く一番大事なものなのだ。そりゃ、払わなきゃなんねえ、
たとえビール醸造人が自分の勝った金を出せとわめいていてもな。
で、結婚としては、彼女は、この貴族さまをお気に入りというわけだ、
俺たちの選んだ、ここにおられる、高貴なエルコール様をさしおいてな。

レオノーラ　［ジョレンタに］　あなたが忠告を受け入れてくれればいいのだけれど。
あなたのために、子どもたちを産めるように、私は結婚したのよ。
そして、あなたのために、もしあなたが私の言うことを聞いてくれるなら、
私は決して再婚はしないつもりよ。ここにいらっしゃる紳士は
高貴でお金持ちで見場もいいけれど、何にもまして
あなたのことを一途に愛しておられる。対トルコ遠征に
出られるおつもりなので、
結婚の契約を遅らせることができないでいらっしゃるのよ。

ジョレンタ　契約？　私に知らせないでやらなきゃ。
私の気を狂わせる薬を飲ませて、
私が何を話しているのかわからない状態にしたら、たぶん
それに同意するかもよ。

ロメリオ　おいおい、おまえはもう気が狂ってるよ。

＊3　レオノーラの予期せぬ、また動機のはっきりしないここでの登場は、コンタリーノの名前を聞いたからだと考えられる。

おまえが彼を夫として呼ぶまでは
正気でしゃべってるとはけっして聞こえないな。
エルコール　お嬢さま、私はあなたのために男らしい役目を果たしましょう。
おまかせします、あなたご自身の魂の自由に。
それが何処へでも天とあなたが望まれるところへ動きますように。
ジョレンタ　お考えを本当に気高く述べられました。
ロメリオ　お待ち下さい、エルコール様、どうなさるおつもりですか？
レオノーラ　［跪いて］聞きなさい、もしおまえがコンタリーノー様と結婚するなら、
親の呪いの中に今まで宿った
すべての不幸よ、おまえに降りかかれ。
エルコール　ああ、お立ちなさい、ご婦人、天はけっして跪くことをこの
恐ろしい目的のためにと意図していなかったことは確実です。
［レオノーラ立つ。］
ジョレンタ　あなたの呪いは、私を永遠に駄目にしてしまいましたわ。
エルコール　そなたの手を私に渡して下さい。
ジョレンタ　いいえ、エルコール様。
ロメリオ　では、俺がいただこう。
［彼は妹の手を取る。］
ああ、何というたぐいまれな細工をこの手がおまえの刺繍針で

仕上げるのを見たことか、何という素晴らしい音楽を
この指がヴァイオルでかき鳴らしたことか！
さあ、芸術の一つを教えてやろう。

ジョレンタ　むしろ忌まわしい魔術だわ。
私の魂の同意なしに
私の手を引き渡すように私を仕向けるなんて。

［彼女は泣く。］

ロメリオ　エルコール殿、口付けなされ。もし泣くということが斟酌《しんしゃく》されてきたならば、処女性というものはけっして失われなかったでしょう。晴れているのに降る四月のにわか雨のような、少なくとも泣いているふりが*4、です。

［エルコールがジョレンタに接吻する。］

レオノーラ　娘はあなたのものです。

---

*4　泣いているふり――構文的に曖昧で、「少なくとも泣いているふりが、晴れているのに降る四月のにわか雨として見なされてきたならば、……」とも訳せる個所であるが、「泣くということ」の同格表現として訳出した。

ロメリオ　［エルコールに］いや、持ち場を離れてはなりませんぞ、だんまり劇での役を続けて下さい。
　この強情さをキスして彼女から追い出すのです。
レオノーラ　涙ながらの結婚契約は、今の流行にすぎないわ。
ロメリオ　でも、花嫁たち[*5]が陽気だったらどうでしょうね。
レオノーラ　乙女たちは渋っているように見せなきゃ。
ロメリオ　ああ、それ以外にないですよ。覚えてますか、この結婚契約より
　もっと盛大な儀式で同じようなのを見たことがありますよね。
　聖職授任式で、司教たちはいつも二回、断ってから受け入れるのです。
ジョレンタ　ああ、お兄さま。

［ロメリオはジョレンタの手を掴み、エルコールの手に握らせる。］

ロメリオ　あなたの財産を保管なさって、あなたはドアのノッカーをお持ちだ。
　それは、英国で言う占有引渡し[*6]です。ですが、エルコール殿、
　接吻して彼女の唇からあの涙をぬぐってやって下さい。薔薇の花は、
　露で濡れるゆえにより一層甘美だと思われましょう。
ジョレンタ　胆汁[*7]のように苦々しいわ。

ロメリオ　まあまあ、おまえたち女はみな、
こんなにまで背丈が低い女はいないくらいの小さな女でも、
胆汁は有り余るほどあって、おまえたちの脳みそその
二オンス分は越えてるよな。何か言おうとしてたんだが。
ああそうだ、街中でちょっと観察してみなよ、そうすりゃ、
今までで一番つましい売買契約でさえ、
それが決着する前には、何てたくさん口論してることかってのが
わかるだろうよ。
レオノーラ　身分の高い人たちはいつも折り合わない――

＊5　花嫁たち――原文の they を次の行の Virgins で採って訳出したが、ロメリオは、「四月のにわか雨」のイメージを続けており、tears の意で「たとえ涙が心からのものであったとしても」と考えることも可能。その場合、ロメリオは、結婚した女性は「露で濡れるゆえにより一層甘美だ」と言っていることになる。
＊6　占有引渡し――英国封建時代の財産譲渡制度では、動産、土地の占有権・所有権を引き渡す際に譲与者は受領者にその一部、たとえば家屋の場合はそのドアの錠前や鍵、ノッカーなどを与えたことへの言及。
＊7　胆汁――中世生理学では、血液、粘液、黒胆汁、黄胆汁の四つの体液の割合で体質、気質が決定されると考えられていて、黄胆汁が短気、不機嫌、立腹の原因と考えられた。

ロメリオ　宴会顔ではね。それに、彼らが
そうする必要もない。よそよそしさと反抗的な態度というのが
身分の高さに一層の輝きを与えるものだし、民衆がそのことを
陰に日向に舌を動かして噂する機会を与える、たとえ結婚式で
鐘の舌が絡まって鳴らないなんてことが起こったとしてもだ。
レオノーラ　確かに、聞いたことがあるわ、
お互いにちょっと疎遠なほうが
憧れる気持ちを新鮮に保つことができるって。
ロメリオ　そう、それにそのほうが、結婚した時に
もっと子だくさんになる、という意見の医者たちも
幾人かいるんだ。エルコール殿、ご覧のように私たちは、その結婚契約に
上機嫌でさあ。あなたさまのお楽しみもこれからやってきますよ。
エルコール　素晴らしきお嬢さま、私はお暇《いとま》致します。かつ、あなたと共に
全くあなたのものとして私の心を残してまいります。
ですので、もしもあなたを享受するという希望が
ほんの少しでもあるならば、たとえ研究者たちが
修士の学位[*8]を取るためにかかる時間と

同じ時間を待たねばならぬとしても、何でもないと誓います。しかし、
何であれあなたにお仕えするために、あなたから離れる者は
命をなくす者。それでは、謹んで、
立ち去ります。

エルコール退場。

ジョレンタ　エルコール様、あなたのためにお祈りを致します。

ロメリオ　おや、それはいい、おまえの夫のために祈るのだから
おまえの祈りは完璧なものになる。

ジョレンタ　夫ですって？

レオノーラ　生きて来た中で今が一番幸せな時だわ。　［退場。］

ロメリオ　夫、そう、夫だ。さあ、強情な子、
俺の骨折りに感謝して微笑んでくれ。

ジョレンタ　こんなふうに無理強いされるなんて、自分がすごく嫌になるわ。
だから兄さんも私が兄さんのことを何て思ってるか、じきにわかるわ。
それが私の自己嫌悪の原因だって。

＊8　修士の学位——当時は取得するのに通常七年かかった。

侍女［ウィニフリッド］登場。

ロメリオ　おい、洗濯女、[9]こっちへ来い。

ウィニフリッド　旦那さま、何か？

ロメリオ　いいか、自分の命を大事に思うのと同じように、おまえの女主人をしっかり見張ってろ。今後、彼女にあらゆる訪問者を禁じる。妹のような淑女に、透かし細工やマントヴァ製の絹を持ってきたり、手紙を運んだりする女衒《ぜげん》たちが随所にいる、そして、魚《うお》の目切りや占いを生業《なりわい》とする者たちもいると聞いている。こういった奴らの誰も、おまえの命にかけて彼女に近づけてはならぬ。人生の貧乏くじを引いた身分の奴、マスクメロンやマルメロピーチを持って、値段交渉しながら巷を売り歩いている、菓子売り女[10]も駄目、いいか、シターンを奏でるスコットランド女も駄目、舞踏家も、絶対に駄目だ。たとえそいつが、飾り馬衣にまたがっていてもだ。貸し馬車屋も、たとえフランス語を話すことができても、駄目だ。

ウィニフリッド　どうしてです、旦那さま？

ロメリオ　絶対駄目だ。もう一言もしゃべるな。骨髄プディング[11]を持ってくる女も駄目。嵌めるための奇妙な小間物類はプディングの中に入れて女の処へ運ばれたということを聞いたことがある。おまえ、理解できるか？

ウィニフリッド　あ、充分に、旦那さま、私、見聞は広くお産も経験済みですから。

ロメリオ　おまえが私生児を産んだ時は、確かに旅先[*12]だったんだな。しかし、俺の愛《いと》しい付き添い婦人さんよ、それでより一層、おまえを信頼するよ。というのも俺は聞いたことがあるんだ、密猟者たちや夜間に歩き回る盗っ人を防ぐのには、自分が若い時に悪名の高さ一番の鹿泥棒だったような奴ほどより用心深い狩猟園の番人はいないってことをな。

ウィニフリッド　いいですよ、旦那さん、お好きな時に私を使って[*13]下さい。

ロメリオ　絶対駄目だ、ウィニフリッド、そんなことすりゃ、もう一度、旅に出させてお産させるようなもんだろ。ほら、怒るなよ、ただの冗談だ。知ってるだろ、機知の根拠も女の操も共に極めて弱きもの[*14]なり、だ。それじゃあ、俺はおさらばするよ。

退場。

＊9　洗濯女――当時は本業に加えて売春婦としてもお金を稼いでいたと言われている。

＊10　菓子売り女――当時、男女の仲介役を担った。これと次のロメリオの台詞は、ベン・ジョンソン（Ben Jonson, 1572-1637）の『悪魔は頓馬』（*The Devil Is an Ass*, 1616）二幕一場一六〇―一六七行目に拠っていることが指摘されている。

＊11　骨髄プディング――性欲促進作用があると思われていた。

＊12　旅――前のウィニフリッドの台詞、この後のロメリオの台詞とともに、英語の travel（旅行する）と travail（産みの苦しみを味わう）は元来、同じ言葉で、綴りも交換可能だったことによる地口が利用されている。

＊13　使って――英語の use には、「～と性的関係をもつ」という意味もある。

ウィニフリッド　ご一緒に泣けますよ、でも、それは大したことじゃない、そんなのいつでもできます。今は、ちょっと毒づきたい気分のほうがもっと大きいですね、この聖別されていない結婚なんか疫病に取り憑かれちまえ、って。連中のせいで、私たち女の祖先イヴがいつまでも私たちに残した、一番自然な願望を忌み嫌うようになる。自分たちの意思に反して無理に結婚させるなんて。共有地を囲い込む*15より神様を否定する仕業だわ。

ジョレンタ　お願い、静かにして。

こんなこと、本当に、あまりにもありふれすぎた主題のお話だから、

充分にひどい表現でそれを表すには、

充分に新しい問題だとは思えない。

コンタリーノー登場。

ウィニフリッド　あなたをそこから抜け出させてくれる、そう希望しますが、そのお方が来られましたよ。

コンタリーノー　愛しい人、これはどういうことですか？

近頃、あなたは悲しみを美しく見えるようにされた。

泣いておられたのですね。

ウィニフリッド　この三日間、お嬢さまは泣いてばかりですよ。もしあなたが、私がやっていたように、アラス織の壁掛けの背後に立って、お嬢さまがあんなにもたくさんのしょっぱい水を流されるのをお聞きになっていたら、お嬢さまは噴水になってしまったと思われたでしょう。

コンタリーノー　この、あなたの悲しみに値しうる原因を熱心に知りたいと思います。

ジョレンタ　［ウィニフリッドに］私に貴重品箱を取って来てちょうだい。［コンタリーノーに］私の物全部の財産資産目録を作るために調べてるんですのよ、あなた。

コンタリーノー　お嬢さん、それで何をなさるので？

＊14　弱きもの——原文は、'wit and a woman are two very fraile things'で、frailには「〈内容が〉乏しい、空疎な」という意味と「〈女性が〉不貞の、身持ちの悪い」という意味があることを利用し、wの頭韻を使った格言的表現になっている。

＊15　共有地を囲い込む——当時、裕福な土地所有者が羊の放牧のために共有地を私物化したことで、小作人たちが暴動を起こす契機になるなどの社会問題となった。『白い悪魔』でも「わずかな羊の肉のためにこんなずるい囲い込みをすれば、催淫剤以上に肉体の反乱を起こさせるぞ」（'These pollitìcke inclosures for paltry mutton makes more rebellion in the flesh then all the provocative electuaries', 1.2.89-90.）と、女性の性的欲求を制限すれば貞節を守らなくなることが示唆されている。

ジョレンタ　あなたに贈与物の譲渡証書を作るのですわ。
コンタリーノー　それは既に終わってますよ。あなたは全部私の物だ。
ウィニフリッド　そう、でも、悪魔[*16]が熱心に財産分与に似た自分の分け前を申請するでしょうね。
ジョレンタ　ああ、コンタリーノー様、私は悪魔に魅入られているのですわ。
コンタリーノー　はあ？
ジョレンタ　きっと間違いなく。私は前もって別の人と結婚するように
約束されているのですわ。いったい考えられますか、
そんな結婚をして、いったい幸せになれると？　それで悪魔に魅入られていないと？
私自身に言い聞かせることができるすべての慰めはこれだけです、
気高く生きることができないなら、
私には、気高く死ぬための時間が残されている、ということ！
コンタリーノー　短く言って下さい、私からこんなふうに引き離されて
誰に、誰の措置で、あなたは嫁がされようとしているのです？
ジョレンタ　エルコール様に、私の母と兄によってです。
コンタリーノー　あいつの立派な装いは、結婚よりも
墓に入るためにふさわしいものとしてやりましょう。
ジョレンタ　　　　　　　　　　それでは治療から

［220］　［230］

はるかにもっと危険で奇妙な病を産ませてしまうことになります。私のためにもう一度あの人を愛していただかなければなりません。というのも、高貴なエルコール様は、私の悲しみにあんなにも本当に同情して下さいましたから。お耳打ちさせて下さい、あの人の私に対する正に尊き振る舞いをお示し致します。

［彼女は彼の耳元で囁き、二人は抱き合う。］

ウィニフリッド　［傍白］まあ、素敵なカップル。この殿方がお嬢さまを膝の上に座らせて、感情を込めて愛を語るのを何度も目にしたわ。本当に言うけど、それを思うと私は我を失ってうっとり溶

＊16　悪魔——恋人同士のあいだに悪魔を加えた三角関係は、ジョン・ダン（John Donne, 1572-1631）の『聖なるソネッツ』の一つにある「［私は］あなたの敵と婚約をしているのです。／私を別れさせ、その結び目をもう一度解くか壊すかして下さい」（'[I] am betrothed unto your enemy: / Divorce me, untie or break that knot again', 'Batter my heart', lines 10-11）を想起させる。*Holy Sonnets* の出版は一六三三年であるが、この詩の推定製作年代は、一六〇七—一〇年なので、ウェブスターがダンの草稿を見たとすれば、この個所はその世俗版パロディと考えられるだろう。

けてしまうわ。ああ、かぐわしき吐息のお猿[17]さん、何て一つになって！　ええ、私の意見では、キスしたら罰[18]を与えるなんてことをやりだした人は絶対に女性の味方ではなかったわ。

コンタリーノー　もし彼がそのように気高い振る舞いをするのなら
彼のために私ができる最も男らしい仕事は、
私の慈悲を与えることだ、彼はこんなに高価な買い付けを果たせそうも
ないのだから。あなたのお母さまに関しては、
あなたの美徳が、母親の悪を帳消しにするが、あなたのお兄さまに関しては、
一人の男に友情を誓って、それから裏切り者だと判明したのだから、
むしろ通貨偽造をした輩《やから》よりも、絞首刑に
値する。しかし、あなたゆえに、
彼の赦免状にも署名せねばならない。なぜ震えておられる？
大丈夫、あなたはもう彼から自由です。

ジョレンタ　ああ、でもコンタリーノー様、
瘧《おこり》の発作の合間は、
つらいのです。というのも鎮静時は、翌朝の苦痛を受け入れるように
実際、私たちを準備させているわけですから。

コンタリーノー　でも、あいつは船で出発したのでしょう？

ジョレンタ　必要以上に早く帰ってくるかもしれませんわ。
コンタリーノー　それを避けるために、すぐに結婚しましょう。
ウィニフリッド　それを避けるために、すぐに床入りして、やりなさい。どんなに親切な民事弁護士も手数料もらってこれ以上のいい忠告はできないと思うわ。

［ウィニフリッド退場。］

ジョレンタ　まあ、いやだ、お願いだから私たちを放っておいて。
コンタリーノー　元気をお出し下さい、愛しいお嬢さま。
ジョレンタ　一つ、この件で誰とも争わないっていう条件でね。
コンタリーノー　命をかけて、誰とも。
ジョレンタ　誰ともよ、あなたの名誉をかけられる？

［260］

＊17　猿――年配のウィニフリッドが、年下のジョレンタを親愛の情と遊び心を含んだ軽蔑で呼んだ言葉として訳出したが、猿と好色との連想で捉えれば、コンタリーノーを指す言葉とも採れる。

＊18　キスしたら罰――ローマの偉人マルクス・カトーは、風俗と人々の私生活を検察する役職に就いていた時、その厳格さから、執政官になると期待されていたマニリウスを「昼間にあまりに愛情を込めて妻にキスした、しかも娘の見ている前で、という理由だけで」（'onely because he kissed his wife too louingly in the day time, and before his daughter'）除名し、カトー自身は、「自分の妻は雷が鳴った時以外に自分に抱き着いてキスをすることはない」（'his wife neuer kissed him, but when it thundered）と言って、マニリウスを戒めたと言う（Plutarch, p. 356）。

コンタリーノー　誰とです？　エルコールとですか？
あなたが、彼に無罪の判決を下されました。
あなたのお兄さんとですか？　彼は、あなた自身の一部です。
あなたの礼儀正しい母上とですか？
女性と戦う習慣はありません。
明日には私たちは夫婦になります。
この男女の結びつきに反対したい人たちには、
けっしてそんなに狡猾にならず、蜘蛛のように自分自身の仕事に
絡めとられないようにさせるがよい。一方で、私たち二人は、
私たちの気高い望みへと急ぎ、それを邪魔されることは、より一層の
喜びを生むだろうと想像するのです。
暗い台座部分が、紋章の黄金色を一層輝かしく見せるのと同じです。

退場する。[*19]

第一幕終了

＊19　おそらく二人は別々のドアから退場するのが適切と思われる。

二幕一場[*1]

［商人に変装して］クリスピアーノー[*2]、サニトネッラ、登場。

クリスピアーノー　うまく着られてるか？

サニトネッラ　抜群にうまく着ておられます。誰でもあなたを商人だと思うでしょう。しかし、どうか説明して下さいまし、スペインでは最も傑出した民事弁護士のお一人であるあなた

＊1　場所は、街の通り、もしくは公の場所で、おそらく外舞台で演技される。

＊2　クリスピアーノー――のちの展開（四幕二場）で明らかになるように、彼は、レオノーラの友人で、ロメリオが生まれる四年前から東インド諸島に渡り、そこに四二年間滞在したということから五〇歳代もしくは六〇歳代と想定される。この登場場面での喜劇的効果の一つは、彼の紳士の服装が部分的に見えるように変装させるか、もしくは、商人の服を上に着ながら舞台に出させることで、次のサニトネッラの誉め言葉とのギャップを作る演出によって加えられるかもしれない。

が、そしてたった今、東インド諸島からお着きになったばかりのあなたが、何故、この、商人の衣服を身に着けておられるのかを。

クリスピアーノー　いや実は、わしの息子がここナポリに住んでてな、やつの放蕩ぶりが、わしの与えた生活費をはるかに超えておるんじゃ。

サニトネッラ　だから、それでこの変装で息子さんを追って突き止めるおつもりですな。

クリスピアーノー　それもある。しかし、もっと大事な、別の仕事もあるんじゃ。

サニトネッラ　全くです。息子さんの出費ということでしたら、あなたの財産と比べれば、何でもないですよね。そんなもの、聖年[*3]までの半分以下の期間の、単なる法律業務だけで、年収三万ダカット稼ぐ、セビーリャ生まれの有名な主席裁判官、クリスピアーノー様にとって、何だ、ってもんでしょう。

クリスピアーノー　さて、息子には釣り糸をくわえさせて、金を使うがままにして泳がせておこう。

サニトネッラ　自由にですか？

クリスピアーノー　自由に、だ。
というのも、断言するが、たとえ、わしが金を稼ぐことに歓喜を、
いや魂の至福を感じたのより、
わしの息子が、放埒な暮らしを送って、
金を使うことに喜びや満足を得ていると

考えることができるとしても、万が一、わしのもっている富のすべてが、日の光の中の、蝿ほど小さな微粒子になるまで浪費されるとしても、その状況でもわしは、心を動かされはしない、と断言するからじゃ。

サニトネッラ　これは、どういうことです？　こつこつ貯め込み集めることで得た喜びよりも放埒に使い込んで、もっと多くの喜びを得られないでしょうか？　ああ、一万倍以上は楽しめますですよ。疑いもなく、五〇〇人の若きしゃれ者たちが私の意見に同意するでしょう。もちろん、あなたが財産を集積する期間は、毎年毎年、同じように一生懸命にお働きになった。最初は、法律の鬱々とした勉強に始まり、やっと金貨を指で触れるようになった。その後は、依頼人のうんざりするしつこい懇願で、

＊3　聖年――元来、ユダヤ民族がカナンの地に入った年から起算して五〇年ごとに奴隷を開放したり人手に渡った土地を返却したり、土地を休耕すべきことを神がモーセに命じた。ローマカトリックでは、全贖宥（plenary indulgence）が与えられる大赦の年。

朝はあんまり早く起こされ、夜はあんまり遅くまで寝かせてもらえないもんだから、
あなたは、夢の中でも半分服を着ておられたし、
お祈りをするのは、いつも眠りの中だった。判決のためなり、
毎日毎日の裁判なりで、ずっと叫んで来られて、あなたの肺は、
半分は残っていると考えることができるのですかね？
覚えておられますか、議論の激しさで、
もしくは、自分で何を言っているのかわからなくなって、
先生が、しょんべんをぶちまけるほど怒りすぎてしまった時に、
湯気を立てている弁護士たちの大群、うじゃうじゃした群れのあいだを
何度、私があなたを肩に担いで運んだことか、愉快ですね。
クリスピアーノー　笑っていろ。
サニトネッラ　あなたは、紳士のようにくつろいでお食べになることができなかった。
まるで反芻食塊を後から噛んで生きてきたかのように、ブランデーの中で
燃える干しブドウ[*4]みたいに、一気に飲み込んでおられましたよね。
クリスピアーノー　世の中に、それに比する楽しみはない。
サニトネッラ　ありえますかなあ？
クリスピアーノー　法律を学ばねば、けっして同じ楽しみを味わえないだろう。

サニトネッラ　何ですって、女遊びでも味わえませんか？　宮廷では人気の遊びですよ。
嘘じゃない、トランプのグリーク[*5]や色っぽい流し目なんかみたいに
おなじみです。
クリスピアーノー　女遊びだと？　えーい、病気が後からついてくるわ。
それに、琥珀織りの絹や平織りの亜麻布を、もしくは
化粧した手や乳房を、指でもてあそぶことが、依頼者の手数料を取ることや
お金で別々のたくさんの列を作って仕事机の前に積み重ねておく喜びと
同じだということがありえるだろうか？
そして、ちらと目分量で計った——弁護士たるものあからさまに数えないからな——
それぞれのお金の山の大きさに応じて、

*4　燃える干しブドウ——原文では、Flap-dragons、遊び、または虚勢で、小さな燃えるもの（しばしば干しブドウや蝋燭の燃えさし）を飲み物に落として、もしくは、ブランデーに火をつけて、その中で燃える干しブドウなどを、素早く飲んだ。
*5　グリーク——原文では、Gleeke、一六―一八世紀にイングランドで流行した、四四枚のカードを用いて三人で遊ぶトランプゲーム。ここでは、「色目、秋波」の意味も重なっているのでそのように訳出した。

帽子を取って敬意を表した。[*6] その方法で、大きな希望を与えたのだ、訴訟の言い分は依頼者側にあり、となー。

サニトネッラ　では、一群の猟犬の心地よい吠え声はどう思われますか？犬が臭跡を失うまで追いかけるのを止めないように財産を失くすまで狩りを止めない領主がたくさんいるほどですが。

クリスピアーノー　駄犬らの吠える声？わしの執務室の扉のところで騒ぎ立てる依頼人の声のほうが、わしの考えでは、ヨーロッパの狩猟すべてよりもはるかに心地よい音楽じゃったな。

サニトネッラ　どうか、先生、お待ちになって。息子さんは、ちゃんとした家計費としてお金を使うべきだ、ということにしておきましょう。

クリスピアーノー　そう、まったくだよ、君。彼には、家を売り払うのじゃなくて、ふんだんに客にふるまうような家計を維持してもらっているのならそれに何の落ち度も見つからないのだが。しかし、息子の家の台所ときたら、木挽き穴[*7]ほども大きくないだろうな。フランスやスペインの貴族たちの多くは、疑いもなく、台所を小さくして家の別の部分をそれだけもっと大きくしてるからね。

サニトネッラ　ええ、大金持ちと見せかけといて物乞いをがっかりさせる家ですな。
クリスピアーノー　煙突が二〇の七掛けぐらいもあって、
そのうち半分は煙道のない、こけおどしの金持ちの家だ。
サニトネッラ　無用の飾り、そんな、肛門のない化け物を
産ませる、見てくれだけの奴らなんか疫病にかかっちまえ。
クリスピアーノー　これこれ、そのほかの無益な物を並べ立てるのはやめるのだぞ。
ワインも情欲も派手な宴会も
豪華な服も、悪魔が、人を呼び起こして[*8]悪魔の似姿にするために、
いつもそれでもってだましてきたすべての快楽も
わしが自分の富を得る際に味わった喜びを

＊6　役者は動作を再現することで喜劇的な効果を狙える個所でもある。
＊7　木挽き穴――大のこぎりを上下二人で引くとき、下の人が入る穴。
＊8　呼び起こして――原文の英語は、raise で、呪術師が呪文によって悪霊を呼び出すという通常の意味が逆転されていて、ここでは悪魔が人間を呼び出すという皮肉な表現になっている。さらに皮肉なのは、もう一つの意味は「上げる」であるが、悪魔の似姿になることは、昇格ではなく、むしろ降格であることである。

人に一度ももたらしたことはないのだから。それで、結論だ、もし息子がわしを
喜びの量で負かすようなことがあるのなら、富など悪魔のところへ飛んで行かせろだ。

　　ロメリオ、［そして、しゃべりながら］ジュリオー、アリオストー、バプティスタ登場。[*9]

向こうにわしの息子だ。誰を連れているのだろう？
サニトネッラ　話しておられる紳士は、
商人のロメリオです。
クリスピアーノー　今まであいつを見たことは一度もなかった。
立派で元気そうな顔をしている、あいつの父親をわしは知っていたのじゃ、
この若者が生まれる前に、
併せて二年間彼の家に逗留した。あいつに
伝えるべき知らせがある、海で彼に起こった
いくらかの損害じゃ。喜びはしないだろうな。
サニトネッラ　［アリオストーを指さして］あの、長いストッキングを履いた
小粋な身なりをした人は何者で？　今朝、あなたの宿泊場所に来たのは
あの人だと思いますが。

クリスピアーノー　あいつだ。
そこに立ってる、ほんの小さな肉のかけらみたいなちび。
しかし、やつは、正に弁護士の奇跡、
人々を和解へと説得し、近所同士の争いを
法に訴えさせないで示談にするやつなんだ。
サニトネッラ　弁護士なのですね？
クリスピアーノー　そうだ、そして貧しい者の訴えには、
無料で代理人を務めるだろう。もし自分でやってきて、くれと言わないなら、
人生で一度も相談料を受け取ったことはない。
かなりのやり手の男で、それでいて熱望しているのは、
裁判官になりたいってことだけだ。
サニトネッラ　確かに、金にならない裁判官になりたいなんて、弁護士という儲かる職業の人間がも

＊9　ジュリオーは、流行の服を着た極端なめかし屋として、アリオストーは、小ざっぱりとした格好で、詰め物をしたカボチャ型のエリザベス朝の短いズボンに接続した長いストッキングを身に着けた一時代前の格好で、バプティスタは、六〇歳以上の裕福な商人の格好で登場。アリオストーには、小柄な人物の配役が必要。

つには稀な願いですな。弁護士の奇跡だと立証されるでしょうな、ほんと。
ロメリオ　君のお父さんがインド諸島で亡くなったって知らせをもってきた人がここにいるよ。
ジュリオー　死んだ時に父の頭がしっかりしてて、遺言で僕を相続人にしてあればいいんだけど。
クリスピアーノー　そうしてあります、おぼっちゃま。
ジュリオー　じゃあ、疑いもなく、父さんはちゃんと死んだんだね。友よ、喪の期間は、人を陽気にすることにただ寄与するだけの行為をなしてはならぬゆえに、あなたの喜びの知らせに何もあげないよ。
クリスピアーノー　私のほうもそれを求めてはおりませぬ、おぼっちゃま。
ジュリオー　誠実な人だ、握手しよう。あなたは、羽振りのいいときに宮廷に新年の贈り物を運んで、そこで賄賂が無駄骨だということを学ばなかったとは思えない。 [120]
ロメリオ　［アリオストーのほうに注意を向けて］ここにおられる老紳士は、君のお父さんとバルセロナで一緒に法律を勉強していた頃、同室者だったと言っていますよ。
ジュリオー　その人を知ってるの？
ロメリオ　いや、私は知りません。ナポリへは新参者ですね。
ジュリオー　で、その人は何の仕事をしているの？ [130]
ロメリオ　あなたにためになる勧告を読み聞かすために参ったと申しております。
クリスピアーノー　［アリオストーに］傍白　息子のところへ行って、やつをしっかり叱って下さい。

ジュリオー　で、あなたの勧告は何ですか？
アリオストー　むろん、女郎遊びをやめてもらいたい、ですな。
ジュリオー　最初に激しく襲ってくるなあ。女郎遊びって？
アリオストー　ああ、若造、この世のあらゆる生き物の中で、淫乱には天罰が下るものだ。
ジュリオー　雄スズメ[*10]が梅毒にかかったなんて、いつお聞きになりました？
アリオストー　巣の中以外で、丸々太った雄スズメを見たことがありますかな？　お知り合いの催淫剤売りにその質問をして、自分というものを思い出して下さいな。
ジュリオー　ご立派な自然科学者、医者とお見受けします、あなたの丸い半ズボンからして。検査用畜尿瓶がちょうど――それ以上は駄目だ――入る大きさですね。あなたは医者、という結論が下されます。［アリオストーが帽子を脱ぐ。[*11]］どういうことです？　風邪をひかれますよ。
アリオストー　あなたは馬鹿、という結論が下されますな。途方もない馬鹿だ。ただの氷砂糖の棒[*12]、透き通って見えるから無視するしかない存在だ。

＊10　雄スズメ――伝統的に雀は、女神ヴィーナスに捧げられた鳥で、好色さを表す。痩せているのは、精液を費やすことでその成分である生命の素や魂を失い、消耗すると考えられていたから。たとえば、シェイクスピアのソネット一二九番「恥ずかしい浪費に精気を使い果たすことが、／欲望の遂行だ」（'Th'expense of spirit in a waste of shame / Is lust in action', lines 1-2）を参照。催淫剤売りは、薬のいわば副作用を知っているということ。

ジュリオー　あんた、敵対者としてはかなり大胆なばくち打ちだな。［帽子を脱ぐ。］

アリオストー　賭け将棋はできるぞ、飛車といかさま師の扱い方はわかっておる。

ジュリオー　どうぞ、そのビロードの帽子、引きずって埃を付けないで被って下さいよ。

アリオストー　あなたの流行の帽子、でくのぼうの木型頭に被せておいたほうが、型崩れしませんよ。

ジュリオー　帽子を取って敬意を表したのにこんなに侮辱されたのは生まれて初めてだ。

アリオストー　被ってさらに行くぞ。［帽子を元のように被る。］ほら、最近はよく見るでしょう、依頼者の物だったあの土地が今や弁護士の物となり、郷士のあの保有財産が今じゃ、彼の仕立て屋[*13]の物となっている。

ジュリオー　仕立て屋の？

アリオストー　そう。フランスの仕立て屋たち。彼らは、偉大なる忌むべき富を得て、偉大なる役人になっている。陪審員のみなさん、一二ヵ月のうちに彼は何ダカット使ってしまったと思われますか？　父親からの支給額に加えて。

ジュリオー　僕の父親からの支給額に加えて、だって？　何ですって、紳士諸君、私が会計検査官の息子だとお思いですか？　会計年度の終わりには収支を合わせてほしいと？

ロメリオ　乾杯の後はヴェネツィア製のグラスを割って、月に一〇〇ダカット。

アリオストー　思うに、彼はイギリスの酔っ払いから、それに金で爵位を買った騎士からもそれを学んだのだな。この金欠は、君の衣装が多すぎるところからきている。

ロメリオ　そうだ、それに一つの襞につき一ポンドもする切り抜き刺繍の襞襟《ひだえり》を身に着けてるからだ。

アリオストー　君の痛風で腫れたくるぶしを隠すために、でっかく咲きすぎた薔薇飾りを付けた、贅

＊11　帽子を脱ぐ――次のアリオストーの辛辣な非難に付随して、大げさな敬意のジェスチャーで、ジュリオーを嘲る所作。君の馬鹿さ加減には脱帽するよ、か。ジュリオーは、アリオストーの身長が低いことを嘲る意味で、脱いだ帽子に地面の埃が付かないようにと皮肉を返す。

＊12　氷砂糖の棒――『モルフィ公爵夫人』の中では、兄のファーディナンドが用意した結婚相手のことを「あの人はただの氷砂糖の一片にすぎないわ。／透けて見えるからいないのと同じ」（'He's a mere sticke of sugar-candy, / You may looke quite thorough him', 3.1.42-3）と公爵夫人が言っている。

＊13　仕立て屋――ベン・ジョンソンの『悪魔は頓馬』二幕四場三三―三七行にウェブスターの引用元とみられる台詞がある。訳者解説参照。Cf. ジョン・ダンは、「風刺詩四」（一五九七年）の中で、格言的な表現を使って、「その衣服は、それを買うために彼らが売った牧草地と／同じように新鮮で良い香りだ」（'As fresh and sweet th'apparels be as be / The fields they sold to buy them', 'Satyre 4', lines 180-81）と、宮廷人たちのファッションをからかっている。また、ベン・ジョンソンの『みんなそれぞれ気質をなおし』（*Every Man Out of His Humour*, 1599）の道化、カーロ・ビュフォンの皮肉に従えば、自分が「洗練された紳士、すなわち今日の紳士」であると主張するには、「トランク二、三個分の衣服」を買うために「一番いい土地の四、五〇〇エーカー」を売らなければならない。Ben Jonson, *Every Man Out of His Humour*, 1.2.33-36.

沢好みに刺繍されたストッキングもな。

ロメリオ　それに、肥しを運ぶガレー船にお祭りの日に付けた飾りリボンよりもいっぱい、琥珀織りの飾り帯を靴下留めに付けてるからだ。

アリオストー　競馬で、鞭をあてられた馬みたく、ギャロップするからだ、華々しき人々と共にな。

ロメリオ　そして、闘鶏場で、込み入ったオッズの計算に頭を悩ますから。

アリオストー　賭博台で、サイコロを振ることから。

ロメリオ　借りたビロードの服着た売春婦のところに足しげく通うからだよ。そのオランダ女の低地帯あたりには金メッキのレースがキラキラ光ってる。

アリオストー　ところが、もし大学町パドヴァに留まって、貧しく牛の足と生の牛肉を夕食[*14]にしてたら――

ジュリオー　［傍白］なんと僕はなぶられていることか！

アリオストー　［ロメリオに］いや、君もこの子にあんまり厚かましくしなさんなよ。君が、この子の破滅の元の大きな部分になるだろうと思われるからな。

ジュリオー　［傍白］この人は、魔法使いだと思うよ。

ロメリオ　だれが、俺がか？

アリオストー　金持ちでしみったれの、都会暮らしの田舎者ってのがいるものだよ。そいつらは、自分自身の畑がない時には、馬鹿なやつを耕しに行って、そいつらを立派な牧草地へと変えちまうものだ。加えて、春一番のサクランボや宮廷で友達を喜ばせるためのアンズ[*15]を収穫する囲い地へもだ。若いしゃれ者たちに最初は日用品を貸しといて、あとから法外な値段でそれを売りつけるのを生業にする薬屋の詐欺師は、四、五人の馬鹿者を、債務者監獄の鉄格子の向こう側へみたく、篩にかけてカウンターの上にそいつらをトントンと出すものだ。連中は、馬鹿者たちをパラダイス・ペッパー[*16]みたいに篩にかけ、知恵の輪をはずす時のような忍耐強さで人を扱うことはできず、一瞬にして破滅させるのが常だ。

ロメリオ　たぶんそんな奴らもいるだろうな。

＊14　夕食――アリオストーが、ジュリオーの贅沢な衣服についての指摘から突然、食べ物への話題に移るのは、ベン・ジョンソンの『悪魔は頓馬』一幕一場一二六―三〇行、三幕三場二二―三〇行に依拠した表現であるからということが指摘されている。

＊15　サクランボ…アンズ――哀れな伊達男たちが騙されて高級な果実を提供してしまうことを言っている個所であるが、前者は、サクランボの種を小さな穴に投げ入れる昔の子どもの遊戯（cherry pit）がロバート・ヘリック（Robert Herrick, 1591-1674）の詩（'Cherry-pit', vol. 1, p.19）で性的なニュアンスを伴って使われた例だけでなく、処女膜、女性の外陰部といった猥褻な連想をさせ、後者は、本草学的に、催淫物質を含むと考えられていたことから、単なる美味を意味するだけではなく、彼らが女衒の働きさえしていることを暗示している。

＊16　パラダイス・ペッパー――原文では、Ginny Pepper、西アフリカ原産のショウガ科多年草メレグエッタの種子でコショウに似た辛みと芳香があり、香辛料、獣医薬。

アリオストー　ああ、恐ろしい取立人たちだ。手が六つ、頭は三つある奴ら。

ジュリオー　そう、頭が三つある地獄の番犬[*17]だ。

アリオストー　［ジュリオーに］やつらに注意しろ。君を布張り釘のように引きちぎってしまうぞ。［ロメリオに］[*18]耳打ちしてやるから聞け、おまえに関する諜報だ。報告によると、空洞の錨の中に詰められて金《きん》が海を越えて密輸[*19]されたということだ。さらばじゃ、もっとよく私のことを知ることになろう。おまえが知っているよりも、もっとおまえのためになってやるぞ。　アリオストー退場。

ジュリオー　あいつは、やばいやつだな。

サニトネッラ　彼は優秀な床屋になったでしょうね。引っ掻く手には櫛を持たせて、毒舌は噂話をさせるのに利用できますから。　退場。

クリスピアーノー　もうし、私はあなたのところに来るように指示されたのですが。

ロメリオ　何処からです？

クリスピアーノー　東インド諸島からです。

ロメリオ　歓迎致しますぞ。

クリスピアーノー　どうか、脇のほうへ歩いて下さい。あなたの東インド諸島での取引についての仔細をお知らせします。

ロメリオ　喜んで、さあ、歩いて。　クリスピアーノー［と］ロメリオ退場。

エルコール登場。[*20]

エルコール　ああ、本当に尊き友人たちよ、長らくお待たせした。健康を期して乾杯し、それから乗船だ。ガレー船はすべて船首を回して出航の準備ができている。

コンタリーノー登場。

コンタリーノー　シニョール・エルコール、船出を妨げるために、風が、

＊17　地獄の番犬――ギリシア神話のケルベロス、地獄（Hades）の門を守る頭が三つ尾は蛇の犬。
＊18　アリオストーは、ロメリオを脇に引っ張って、彼に残りの台詞を囁く態。
＊19　密輸――黄金や金貨を海外に送ることは重罪だった。ジェームズ一世即位以来、七〇〇万ポンドが、外国の商人、主にオランダ商人によって密輸出されたことが発覚し、一六一八―一九年にはかなりの騒ぎとなった。
＊20　船乗り用のガウン、コートなど、出帆直前であることを示すための衣装が必要。

我が友に抵抗しております。
エルコール　おや、どうしてですかな？
コンタリーノー　ただ、愛ゆえに。
私があなたに別れを告げるために、かつまた、
マルタ島にいる友人に私的な便りをあなたから
渡してほしいと懇願するためです。文字にしたためる時間が
ありませんでしたので、あなたに口頭でお伝えしたい。
エルコール　紳士諸君、私たちだけにしていただきたい。
［ジュリオーとバプティスタ］退場。
お座り下さいますか？　彼らは腰を下ろす。[*21]
コンタリーノー　閣下、あなたへの私の愛が、あなたの言葉は
いつも高貴な思いに導かれており、その思いの後には同様に
正しい行動が続く、あなたをそういうお方であると称賛してきました。
その意見を裏切らないでいただきたい。我々は、パデュアで一緒に
大学生でしたな。そして世の人々の目には、長いあいだ、
友として映ってきたと思います。
あなたとしては、私に偽りのない気持ちをもっておられただろうか？
エルコール　心から。

コンタリーノー　あなたは、私があなたに抱いていた良い思いに対して不誠実です。そしてあなたは、その不誠実を支持するために、今やあなたにとって人間の最も悪い部分に、あなたの悪意に、加担しておられる。聖なる無垢は、あなたの胸中から逃げ出してしまった。シニョール、言わねばなりますまい、不人情というものを忠実に絵に描こうと思えば、深く愛し合っていたのに不和に陥ってしまった二人を表現すればいい。私には不思議でなりません、美しいジョレンタへの私の関心を知りながら、あなたが彼女を愛するなんて。
エルコール　彼女の美貌と私の若さを一緒に見比べて下されば、公平な愛の効力がなんらの奇跡ではないことがおわかりいただけるでしょう。

＊21　悪意とからかいの言葉が占めた直前の場面と対照的に、続く口論が、友人同士の礼儀正しさの中で行われることを強調したいがためのト書きか。

コンタリーノー　いや、君にとっては、それが驚異的で不吉なことだとわかるだろう。
君の船出を阻止せねばならぬ。
エルコール　あなたの令状は強力に違いない。
コンタリーノー　そうするために、令状には神の印章が押されている。
そこで私の物として私に権利が与えられた物を君は
私から強奪しようと願っているのだから。しかし、私は、
穢れなき美徳の、本質が表れた顔によって誓おう、
問題の両若者たちに私は同情の念を抱いている、と。だからそれを示すために、
イタリア人のように、内密の行為によって君の喉を掻き切るという
手段は取らなかった。そうしていたら君は、今はもう
死んでいるはずだし、私が君に対して怒った顔つきをするということも
けっしてなかっただろう。
エルコール　　　　　　　公平な取り扱いをしていただいていますよ、閣下。
コンタリーノー　お願いです、一つ、疑いを晴らしていただきたい。
エルコール　おっしゃって下さい。
コンタリーノー　こういうことです。
彼女の兄上が、妹を結婚させる企てにおいて

大きな媒介者の役割を果たしているのだろうか、という。
エルコール　本当のことを言っても信じてもらえないでしょう。
コンタリーノー　なぜ？
エルコール　真実をお話ししましょう、
それに、あなたが私の言うことを信じない多少の理由[*22]もお示しします。
彼女の兄上はこの件に関与していません。あなたには、これを信じるのが
難しくないですか？　というのも、私が、自分のいざこざに
ほかの人を巻き込むことをあさましいことだと考えている、
だから、そのために私が真実を偽る許可を得ているのだ、とあなたは
思うかもしれないからです。コンタリーノー殿、もしもあなたが、
誰か私以外の人と争うのであれば、彼女の母親と争いなさい。
母親が、私との結婚を勧める張本人でした。

……………………………………………

＊22　信じない多少の理由――エルコールは、ジョレンタに求婚することを咎められた責任をロメリオに転嫁して、その結果、争いに巻き込みたくないという騎士道精神に影響されていることを否定しているが、コンタリーノーに嘘をついているのは、まさに彼のこの精神の表れである。

コンタリーノー　［立ち上がりながら］では、あなた以外にこの世に私の敵はいない。
　私と戦わねばなりませんよ。
エルコール　［立ち上がりながら］戦いましょう。
コンタリーノー　すぐに。
エルコール　あなたよりも前に行って待っています。場所を指定して下さい。
コンタリーノー　もちろん、高貴な人間の言葉だ。そして、この公平な取引のため、
　我々がそれを求めて争っている豪華な宝石が、もしも
　二つに分けられるものであるならば、私の命にかけて、
　君に半分与えることに充分満足するだろう。
　しかし、私たちが友達同士でありえると考えることが無駄なので、
　私たちのうちのどちらかが、他方の敵である状態から
　取り去られる必要がある。
エルコール　だが、思うに、これは敵対関係のようには見えないな。
コンタリーノー　敵対関係ではない、と？
エルコール　あなたは、激怒を着飾っていない。
　学者のように、[*23]あまりに質素だ。
コンタリーノー　装身具が作る模様[*24]こそが怒りをもっと恐ろしいものにするのだよ。

君はそれを耐え難い傷だと
思うだろうし、慎み深い勇気に付き添われているのが
わかるだろう。私は君を殴りもしないし、
嘘つきだと言って責めもしないから、そんな、むかつくような
決闘の申し込みは、酔っ払いがする気の抜けた侮辱のようだと知れるだろう。
自らの憤怒を我が剣先に宿らせるために、私はそれを取っておこう。
我が剣先を、たくさんの、君の最善の血でさえも
満足させることはできまい。

エルコール　自分では、勝つ見込みがあるのですね。
決闘の介添え人は付けないのですか?

＊23　学者のように――この頃の大学人たちは、落ち着いた服装をするように命じられていた。クリストファー・マーロウ（Christopher Marlowe, 1564-93）作『ファウスト博士』（*The Tragical History of Doctor Faustus*, 1604）では、悪魔の力を手に入れる夢に酔いしれて、ファウスト博士が「大学の講義室を絹で満たし、／絹で学生たちを派手な装いをさせてやる」（'fill the public schools with silk, / Wherewith the students shall be bravely clad', 1.90-91）と約束している。

＊24　装身具が作る模様――原文の英語は、ornament で、直前のエルコールの台詞に対応した服飾関係のイメージ。剣が体に切りつける傷跡のこと。

コンタリーノー　いらん。邪魔される恐れ[*25]があるからな。
エルコール　互いの剣の長さは？
コンタリーノー　途中で合わせよう。
さあ、決闘の時が、我々を命に招こうと死に招こうと、
我々は二人とも、気高き紳士、そして真のイタリア人らしく、
ふるまおうではないか。
エルコール　それゆえ、あなたを抱擁させてくれ。［コンタリーノーを抱く。］
コンタリーノー　蓋し、イタリア人であるから[*26]、君を信頼して
幾分近すぎるほど近づかせたが、君の用心深さが、
私が武装[*27]しているかどうか試すためにその抱擁を与えた、
そうではなかったかね？
エルコール　違う、信じてほしい。
隠し鎧を着てなくても、君の心は満足のゆくほど突き通せない[*28]と
思っている。そして私のほうは、
琥珀織の下着が、それで私が武装している
唯一の鎖帷子だ。
コンタリーノー　君は、平等に取引をしているぞ。

両者退場。

ジュリオー、［バプティスタ、］そして召使、登場。

ジュリオー　この立派な紳士たち、勇敢なエルコールと高貴なコンタリーノーは何処だ？

召使　お二人は、再び行ってしまわれました、旦那さま。この半時間以内に戻って来ると伝えるようにわたくしめにお命じになりました。

ロメリオ登場。

＊25　邪魔される恐れ――ジェームズ一世の治世初期、イングランドとスコットランドの宮廷人たちが互いに敵対し、しばしば街中で決闘が行われていた。一六一三年と一六一四年に布告が出され決闘は禁止され、一六一六年には剣やピストルを持ち歩くことも禁止されていた。

＊26　イタリア人であるから――原文の英語は、being an Italian で、「イタリア人なのに」と皮肉に読むこともできる。当時のイギリス人の観客は、イタリア人の国民的気質を、密かに悪意に満ちたものと考えていた。

＊27　武装――決闘の際、密かに鎖帷子などで防御の武装をするのはもちろんルール違反。

＊28　突き通せない――原文の英語 proofe には「〈鎧などの〉強度、不貫通性」という意味と「証拠」という意味があるので、「あなたの心が［私を信じてくれている］充分な証拠だと思っている」とも訳せる個所である。

ジュリオー　エルコール殿にお会いしましたか？

ロメリオ　いや、しかし、ひどく悪い便りに化けた悪魔に会ったよ。

ジュリオー　おや、どうされました？

ロメリオ　ああ、俺は、水のように流れ出ちまった。[*29] 世界で一番大きな川だって海に注いでなくなっちまう、俺も同じだ。たのむ、放っておいてくれ。エルコール殿は何処だ？

ジュリオー　あなたがここからいなくなってすぐにコンタリーノーさんが入って来られた。

ロメリオ　コンタリーノーが？

ジュリオー　で、エルコールさんとの私的な会話を所望されて、それから突然、うまく私たちをまいてしまわれました。

ロメリオ　不幸はけっして一人ではやって来ない、ってね。決闘に行ったんだ。

ジュリオー　決闘をしに？

ロメリオ　もし君たちが紳士なら、しゃべるんじゃないぞ。彼らの後を追うんだ。

ジュリオー　では別々の道を行きましょう。そしてもし、女性たちのために、彼らは絶倫の[*30]人たちですから、その突きが彼らを不能にしないということがありうるならば、私たちも努力しましょう。

退場する。

＊29　水のように……――ロメリオが使う水のイメージは、当時の初期資本主義段階に生きた商人たちが感じ取ったその流動性（liquidity）を表すものでもあろう。本書の訳者解説を参照せよ。

＊30　絶倫の――原文の英語は、proper で、台詞の性的なニュアンスがわかるように訳出したが、表面上の意味は、「彼らは立派な人たちだから、剣に突き刺されて、彼らが深刻な傷を負わないということが可能ならば、……」である。

二幕二場*1

エルコール、コンタリーノー登場。

コンタリーノー　私の恋人への関心を捨てるつもりはないのだな?
エルコール　私の剣がその質問に答えを与えようぞ。さあ、準備はいいか?
コンタリーノー　戦う前に、君の大義についてよく考えたまえ、
驚くほど不正なもの*2だ。だから、私は、この
過去四日間の君の修練すべてが、最も熱心な祈りに
費やされ、そのために君が戦おうとしている
邪悪な罪がもっぱら思い出されたならば
よかったのに、と切に願う。
エルコール　　　　　　　　私の武器の扱い方について
あなたから親切な指図を受けるよりは、

むしろ、まさに今、神学的なあなたの
勧告を受け入れる方がましだ。それに実際のところ、
どちらも全く同じように見えるだろうな。
さあ、準備はいいか？

コンタリーノー　思い出せ、
我々が、それを求めて争い合っているものが、如何に美しいか。
エルコール　ああ、忘れるはずがない。　二人は戦う。［コンタリーノーがエルコールを刺す。］
コンタリーノー　君はやられたぞ。
エルコール　私にそんなことを言うためだけにここに来たのか、
それとも、本当にやるためか？　勝つつもりなのだが、うまくいかんな。
コンタリーノー　大儀、大儀だよ、君、

[10]

*1　場面は野外で、外舞台で演技される。
*2　不正な——一幕二場でジョレンタと交わした、戦わないという約束を考えると「不正な大儀」（'foule cause'）はむしろコンタリーノーの側にある。演出上、もちろん真剣な決闘の場面を作ることもできるが、親友同士がなかなか決闘に踏み切れず、回避するために、特にコンタリーノーを尻込みさせるなど、所作と台詞回しによって喜劇的な場面を作り出すことも可能である。

まだ、良心の咎めがないのか？　死の床の上で、
君の怒りに対する損害賠償をするつもりなのか？

エルコール　けっして。私たちのどちらかが墓に入るまではな。

戦う。［コンタリーノー、再びエルコールを刺す。］

コンタリーノー　今のは、かなりだぞ、急所を突いたと思う。

エルコール　まるでフェンシング学校にいるみたいにペチャクチャしゃべるなあ。

コンタリーノー　まだおまえは若い、自分の命を大事にしろ。

エルコール　全身、ずたずたになった時にな。もう、どんな女性のベッドでも
不適格だ。最後の一撃をくらえ。

［エルコールが最後の突きを入れる。］傷を負ったコンタリーノー、エルコールの上に倒れる。

コンタリーノー　挑発しすぎて負けて[*3]しまった。おまえの剣を明け渡せ。

エルコール　死の激痛には、剣を放棄するが、あなたには渡さない。

コンタリーノー　さあ、生かすも殺すも私の思うがままだ。

命乞いをせよ。
エルコール　ああ、かなり愚かな要求だ、
あなたが与えることのできないものを私に乞うように命じるとは。

ロメリオ、プロスペロー、バプティスタ、アリオストー、ジュリオー［そして召使たち］登場。[*4]

プロスペロー　ほら、二人ともやられてるぞ。来るのが遅すぎたな。
ロメリオ　死体を持ち上げて、聖セバスティアン修道院[*5]へ
運ぶんだ。
コンタリーノー　やつの剣は放さんぞ。私が勝って取ったのだ。

*3　お互いが致命傷を負ったまま、相手に負けを認めさせようとするこの場面も喜劇的な演出が可能。
*4　召使、他の人物を含め、決闘という大事件に対する人々の劇的な反応を示すための登場であるが、召使は特に死体を舞台から運び出すのに必要。ロメリオとアリオストーは、次の場の最初から舞台上に必要なので、死体を運び出すのに付き添うとすれば、ジュリオーとプロスペローとの会話のあいだに、再登場させることも考えられる。
*5　聖セバスティアン――二八八年頃没したローマのキリスト教殉教者で、死んだと思われていた後、回復したという言い伝えがある。コンタリーノーとエルコール生還の伏線だろう。

ジュリオー　そうしな。
ゆっくり彼を持ち上げろ、そうだ、内出血しないように
身体を曲げてやるんだ。
うん、こいつら典型的な恋する者たちだな。
プロスペロー　どういうことですかな？
ジュリオー　ずっと僕の持論なんだ、
愛ゆえに首を吊ったり溺れ死んだりするんじゃなきゃ、
誰も本当に完全に愛しているといえる者はいないということがね。
この二人は、斬首にいちばん近い死を選んだから、
お互いの首を切った。立派で勇敢な男たちだ。
プロスペロー　おいおい、君は間違ってるよ、乱暴で気の狂った絶望を
勇敢と呼ぶなんて。
こんな行為をいいものと考えるすべての人たちは、ここから学んでほしいものだ、
激怒の根は、地獄へ伸びている、ということを。

退場する。

二幕三場*1

ロメリオ、アリオストー登場。

アリオストー　あなたの損害は、正直言って、甚大です。でも、忍耐力をもたねばなりませんぞ。
ロメリオ　損害は存じてまっさ、旦那。だが、失礼、あなたは存じ上げませんな。
アリオストー　まったくです。あなたにとってはただの見知らぬ人でしょうが、あなたの親友たちから、あなたのところに訪れて、世の中での私の経験からあなたに忍耐をお教えするように望まれているのです。
ロメリオ　旦那のご職業は?
アリオストー　弁護士です。

*1　場面はレオノーラの家の中、外舞台を中庭として全舞台を使って演技される。

ロメリオ　生きている人間すべてん中で、あなたがた弁護士さんが、私らの忍耐力を強くする唯一の人たちだと見なしておりますですよ。でなきゃ、あなたがたの遅延[*2]のせいで、このささやかなキリスト教国の三つの部分が理性を使い果たすでしょうからね。今、思い出しました。あなたはジュリオーに説教をなさった、忍耐を処方するお医者さんでは？

アリオストー　はい、幾つかの苦難を耐えてきました。

ロメリオ　では、結婚なさってますね、きっとそうだ。

アリオストー　如何にも、そうです。

ロメリオ　それで、忍耐を学ばれたわけですね？

アリオストー　そうだとおわかりになるでしょう。

ロメリオ　あなたの奥さんがあなたを寝取られ夫にするのを見たことがありますか？

アリオストー　私を寝取られ夫に、ですか？

ロメリオ　真面目に聞いているんです。もしそれを見たことがないのなら、あなたの忍耐は、深紅のガウンを着る正しい学位を得てはいませんよ。博士というよりはむしろ学士と考えるべきですね。

アリオストー　陽気ですな。

ロメリオ　いえ、あなたの忍耐のお許しをいただいて言いますが、恐ろしく怒ってますさあ。

アリオストー　いったい何があなたに、この目が今までに私の妻があなたの知っていることをするのを見たことがあるかどうかという、耳障りな審問を述べる気にさせたのでしょうか？

ロメリオ　むろん、お教えします、あなたの忍耐力を実に根本的に試すためですよ。その質問だけであなたが忍耐学の劣等生にすぎないとわかります。それで怒りましたからね。別の弁護士の二股の顎髭があんたの額に生えていますぞ。怒髪天を衝く、[*3]だ。

アリオストー　とてもうまいことを言いますな。しかし、ほら、これは、あなたを治療する正しい方法ではありません。私はあなたに聖職者[*4]のように話さねばならない。

ロメリオ　幾人かの聖職者が忍耐について大いに語っているのを聞いたことがありますよ、で、多くの場合、彼らの聴衆が忍耐を切らせるほどにね。でもねえ、彼らは自分たちの生活の中で、どんな

[30]

＊2　遅延――一般論として、法が正義を回復するまでに長い時間を要するということだけではなく、裁判が法外に長く引き延ばされることについての法曹界への皮肉が含まれている。シェイクスピア作『ハムレット』の有名な独白の中にも世の中の煩わしさの一つとして「法の遅れ」（'the law's delay', 3.1.71）が言及されている。

＊3　怒髪天を衝く――原文の英語は、brissle で、「〈毛を〉逆立てる」という意味と「怒る、いらだつ」という意味がある。名詞では顎髭などの「剛毛」のことで、ロメリオは、かつて弁護士が職業的な印として二股にわかれた顎髭を生やしていたことを利用して、それが額に生えれば、二本の角のように見え、寝取られ男が生やすと信じられていた角の役割を果たす、つまりアリオストーは寝取られ男だと言ってからかっているのである。

＊4　聖職者――五幕四場でロメリオは、カプチン会修道士の言葉によって改心したかのように思える時が来る。その予弁法的な台詞だろうか。

忍耐の実践をしているのですかね？　彼らは、正直に生きることに関して、癇癪《かんしゃく》を起こさせる胆汁であまりにいっぱいだし、中にはほんのちょっと傷つけられただけで忍耐できないだけでなく、お互いの昇進に激しく狂う聖職者もいる。さあ、あなたにですが、私は大きな商船を三隻失ってしまったのです。

アリオストー　そうお聞きしました。

ロメリオ　我が国のこの沿岸で難破していたならば、船荷の、まさにその香辛料が我が国の海すべてを水薬[*5]にしたであろう程の量です。

アリオストー　そうなら、イタリア中の病気の馬たちがみな、あなたの損失を喜んでいたでしょうな。

ロメリオ　あなたもうまいことを言いますな。

アリオストー　さあ、さあ、さあ、あなたは、あの船にとても奇妙な、とても恐ろしい、そして不幸な名前をお付けになられた、それは、けっして成功しそうになかった。

ロメリオ　船に名前[*6]を付けるのに縁起が悪いなんてことはあるのですか？

アリオストー　一隻を「嵐の抵抗」、もう一隻には「海の災い」、三隻目には「巨大なるレビヤタン」とお呼びではなかったか？

ロメリオ　まさにそのとおりです。

アリオストー　まさに悪魔的な名前ですな、三つとも全部。その船たちはまさにその揺り籠の中で、つまり、造船台の上に載っている時に、きっと呪われていたのだと私は思います。

ロメリオ　これこれ、迷信深いですなあ。私の意見を言いましょう。真面目な意見です。船の最初の進水式の時に充分な数の寝取られ男が来なかったせいだと私は納得しているのです。それこそが、その分だけあまり成功しなかった理由ですよ。ああ、街では、寝取られ男のご祝儀が懇願されるんですよ。

アリオストー　もうこれ以上は聞きますまい。握手しましょう。私がここに来た目的は、あなたに忍耐を促すためです。私の命と同じように確かに、もしもう一度あなたのところへお訪ねするようなことがありますれば、それは、あなたに怒るように懇願するためでしょう。きっとそうするつもりですし、言行は一致させますよ。嘘ではありません。

〔アリオストー〕退場。

ロメリオ　それでは。

[60]

＊5　水薬——原文の英語は、a Drench で、特に動物に飲ませる水薬一回分。没薬、甘松油、胡椒などが成分として含まれていた。

＊6　船に名前——リチャード・ホーキンズ卿（Sir Richard Hawkins, c.1560-1622）の『南海への航海』（*Voyage into the South Sea*, 1622）では、たとえば「復讐」（'Revenge'）や「雷電」（'Thunderbolt'）と名付けられた船が不運な事故にあうことが述べられており、当時、船の名前が海上での運命に決定的な影響を与えると信じられていた。ロメリオの、ギリシア悲劇で言うところの「神々に対する不遜」(hubris）は、これを「迷信」と断じられる現代的な懐疑精神の表れでもある。

［振鈴の音と声が聞こえる。］ レオノーラ登場。

これはどういうことだ？　外ではもう甲高い声でフクロウ[*7]が鳴いてやがるのか？

レオノーラ　何て陰鬱な音を向こうの鈴は鳴らすことか、きっと誰か偉い人が死んだのだわ。

ロメリオ　そういう事じゃない。普通の、鈴を鳴らす男[*8]が、商品を売るために振れ回っているんだよ。

レオノーラ　なぜ彼らはこんなふうに私の家の門の前で鈴を鳴らしてるんだい？　中庭の中に入って来させなさい、彼らが何を言っているのかわからないわ。

二人の鈴を持った男とカプチン会修道士[*9]登場。

カプチン会修道士　どうぞ、流す涙をおもちの方は、
溜息ついて歌いたまえ、静かな哀歌とロザリオの祈り[*10]、
悲しき運命のため、死して破門[*11]されたままの、
不幸で高貴なお二方のため。
彼ら最後のうめき声、慰む聖き祈りなく、
彼らの骨覆う、聖き土とて許されず。

激しき怒りの末に息絶えたゆえ、
自死の罪ありと聖き法は宣告す。

レオノーラ　ねえ、修道士さま、貴族の人たちというのは誰のことですか？

カプチン会修道士　エルコール卿と貴族コンタリーノー殿です。

＊7　フクロウ――screech owl は死の前触れであるが、ここでは金切り声を上げる（screech）女性を軽蔑する言葉として、また登場しながら金切り声で叫ぶレオノーラを指す言葉としても使われている。

＊8　鈴を鳴らす男――原文の英語は、Bell-man で、教会の鐘と同じく死者の弔いのために鳴らし、信仰者の注意を喚起する。ウェブスターの父親は、一六〇五年にニューゲイト監獄の死刑囚のために鈴を鳴らして祈祷する職が商人組合によって創設された時の連署人の一人であった。ここでは、この霊的な役割を、ロメリオは商品を売り歩く呼子のそれと見なす。

＊9　カプチン会修道士は、戯曲の慣習では、忠告を与える役割にふさわしく老齢の役者が演ずるが、この劇では五幕四場最後のジュリオーの台詞にあるように「若い」。また、次の台詞の原文の英語は脚韻を踏んだ二行連句で行末止めになっており、おそらくハンド・ベルの音が伴奏になっている。

＊10　ロザリオの祈り――原文の英語では、let fall a Bead となっている個所で、ロザリオの数珠玉を一つずつ繰りながら祈るという意味と涙一粒を落とすという意味が掛けられている。

＊11　破門――教会法では、決闘による死は自殺と同等に見なされて、キリスト者としての埋葬が許されない。場所も「聖き土」、即ち聖別されて地に撒かれる土の部分ではない場所に埋められる。

お二人とも一対一の決闘で亡くなられました。
レオノーラ　ああ、永遠の破滅だわ。*12
ロメリオ　キリスト教の埋葬を拒まれたって、ねえ、それが何だってんだ。
のろのろ進む葬送の列もだし、
いつだって墓石の上に蔓延《はびこ》る蜘蛛の巣全部より
はるかに汚ねえ、墓碑銘のお世辞もだ、
こういったものが、俺たちの死後の幸福に
何を付け加えてくれるって言うんだい？
カプチン会修道士　微量たりともない。
ロメリオ　それなら結構。
若干の瞑想の知識はある。
幾分、この趣旨で考え出すことができるなら、
俺の母がそこでロザリオの数珠を数えて祈るあいだに
あなたに唱えよう。*13
　頻繁に医者の過誤隠すこの墓所《はか》や
地下の納骨所のすぐそばに、住まうあなたらよ
お気付きなされ、人の美徳を表すに、

如何に小さき部屋で充分か。なのに、人の虚栄は
埋め尽くす、小さな文字で大きな本を、
教会の土地の権利書すべてより嵩張《かさば》って。
葬儀は、人を礼服で覆い隠し、
服地屋には、良き知らせ、
黒き服に身を包み、儲かる紋章官[*14]を笑わせる。
有徳の御仁として死ねるのは、
祭壇へ供物を捧げるお金持ち。
しかれど、彼らの名声も施しもみな、
闇夜に光る腐った木ほども
あの世とこの世のあいだで、光りはしない。

＊12　レオノーラ、ここでロザリオの数珠を持って跪き祈り始める。
＊13　唱えよう——以下、ロメリオの原文の英語は、一行に四つの強勢をもつ、脚韻を伴う二行連句で、おそらくここでもハンド・ベルの伴奏と共に詠唱される。音楽の助けを得て、喜劇的かつ風刺的な演出が可能。
＊14　紋章官——貴族や郷士の葬式は、会葬者の数や身分、服装などが紋章院によって厳密に管理されていたため、葬儀の過程で利益を得られる紋章官は喜んだ。

ああ、ご覧、劇の最高潮は最後の場、
だから、休みたまえ、高貴な骨よ、けれど祈るのだ、
厳格なる清教徒らに見分《けんぶん》されて、
死の停止令状に法的措置など取られぬように。
それは君らをもっと風通しの良き場所へ移し、
代わりに、用心深く、干し魚や石炭を
保管しておくためだ。なぜなら、聖所侵犯の悪弊が、
墓所を不埒な使用の目的に、供するようになったから。
では、どんな墓石が、最後の日に至るまで、
ここに、これこれの骨が眠る、と言えるだろう、
足も羽もすばやい時が、墓堀り人さえ何処か知らぬ場所へ
骨たちを運び去ってしまうかもしれぬのだから。
だから私は構わない、最後の眠りが、
砂漠の中であろうと海の中であろうと、
昼も夜も、我が納骨堂に高価な光を灯すため、
ランプも蠟燭もなかろうと。
そこで身体《からだ》と同じ大きさの地面を所有し、

最後の日に復活し見出されよう。
さあ、お願いだ、放っておいてくれ。
カプチン会修道士　ご損害、お気の毒でございます。
ロメリオ　いや、テニスコートが広ければ広いほど、
ハザード[*15]の穴も大きいものだ。
悪意に満ちた運命の女神め、最悪のことをやるならやってみろ。
もう何も怖いものはないわい。
カプチン会修道士　ああ、でも考えてもごらんなさい、
恐れのない者は、希望もないのです。[*16]
傲慢さから罪を犯す。もっと良いお考えがあなたに付き添いますように。
カプチン会修道士［鈴を持った男たちと共に］退場。

*15　ハザード——原文の英語、Hazard は、「危険」とジェームズ一世の時代のテニス用語との地口。当時は屋内競技で、コート側壁に三ヵ所ある開口部、ハザード、のいずれかへボールを打ち込むと得点になった。

*16　恐れ…希望…——原文の英語は、He that is without feare, is without hope。のちにジョン・ミルトン（John Milton, 1608-74）は、『失楽園』でサタンに「だから、希望よさらば、そして希望と共に恐れよさらば」（'So farewell hope, and with hope farewell fear', *Paradise Lost* ［1667］, book 4, line 108）と言わせた。

ロメリオ　可哀そうなジョレンタ、万が一、彼女がこのことを聞いたなら！
墓の中で花が枯れてしまうように、この報告の後では、あの子は、
元気でいられるはずはない。

プロスペロー［遺書を持って］登場。

どうした、プロスペロー。
プロスペロー　コンタリーノーが、あなたにここにある遺書を送りました。
その中で、彼はあなたの妹を単独の相続人にしています。
ロメリオ　彼は死んだのではないのか？
プロスペロー　まだ生きています。
ロメリオ　生きているのか？　あいにくだな。
レオノーラ　あいにく、ですって？[*17]　私の祈りを妨げるために
今までに起こったことの中で最高のことだと断言するわ。
ロメリオ　どのように？
レオノーラ　まだ、彼には生きてて欲しいのよ、
エルコールの死を償って、公の正義を満足させるためにね。[*18]

［プロスペローに］ああ、後生だから、彼のところを訪ねて行って。
私の部屋に、逸品の聖遺物があるわ。
気絶に効くのよ。それから、
聖地から持ち帰った土が幾らかあるわ。止血の特効薬よ。
あなた、彼に腕のいい外科医は付いてると思う？
プロスペロー　ナポリで一番の医者が付いてます！
ロメリオ　どれくらい包帯を替えてるんだ？
プロスペロー　一度だけです。
レオノーラ　この方面にはいささか知識があるの。
命が助かる希望があるかどうかは、二、三度、包帯を替えれば
はっきり判るものよ。お願い、彼の近くにいてあげて、

［150］

＊17　レオノーラの会話への突然の再関与は、祈りのために跪いていた姿勢からこの時点で立ち上がることで強調される。
＊18　レオノーラがコンタリーノーに対する好意を悟られないようにするために言い逃れをしている台詞として発する。

命が助かる希望があるという知らせを私にもってくることのできる人が
誰かいてくれればいいんだけれど。
ロメリオ　そこまで彼の命が大事ですかねえ？
レオノーラ　生きてれば、
つまりね、裁きを受けられるってこと、法を満足させられるってことよ。
ロメリオ　ああ、本当に、それだけですか？
レオノーラ　私ほど幸せな女はいないってことになるでしょうね。

レオノーラ［と］プロスペロー退場する。

ロメリオ　この胸の内にあるのは、親切さの服を着せた残酷さだ。
心の中は、考え、奇妙な考えでいっぱいだ。だが、善良な考えは一つもない。
コンタリーノーのもとへ訪れねばならぬ。そこに計画は
掛かっている。その仕掛けは、たとえ俺の損失が地獄の深さまで
沈み込んでしまっていたとしても　引き上げてくれるだろう。しかし、考えてもみよ、
一時間の内にどのように俺は損なわれているか、そしてその原因を。
過ぎた安心[*19]の中で滅ぼされてしまったのだ。ああ、何と巧妙にこの邪悪な世界は
魔法をかけることか、特に、富を得て傲慢にされた時にはな。
そのように、順風満帆で張り詰めた帆はすぐに破れるもの、
そして、ピラミッドのてっぺんは、いつも一番細くて弱いもの。

退場。

＊19　過ぎた安心――神学的には、「安心」（'security'）は二種類あって、同等に危険であるとされる。「霊的安心」（'spiritual security'）は、自らの救済の確実性を不当に確信していること、「現世的安心」（'carnal security'）は、此の世と現世での命に執着し、来世に無関心であることである。『モルフィ公爵夫人』の中では、ボソラが「人々の中には、安心を死という壊されない壁で隔てられただけの／地獄の郊外だと呼ぶものもいる」（'Securitie some men call the Suburbs of Hell, / Onely a dead wall betweene', 5.2.328-9）と言っている。

二幕四場[*1]

カプチン会修道士、［召使の］二人に支えられて導かれたエルコール登場。[*2]

カプチン会修道士　天を仰ぎなされ、あなたは、自然の理を越えて生き永らえられた。戦いの場から運び出された時、あなたは死んだ状態で、外科医たちは、防腐処理をしてしまう準備ができていたのです。
エルコール　自分の行動を恐ろしい思いで見ています。悪いことをやって、それを悔い改めないのは、男らしくありません。
カプチン会修道士　神の霊感に学んでおられる。
エルコール　偽の遺言執行人が騙して孤児から奪った財産に権利をもたないのと同様に、私は、自分には何の権利もない人のために戦ったのです。そのうえ、私の大義には価値がなかったにもかかわらず、癇癪もちの男の決闘という儀礼を差し控えるよりもむしろ私の魂の救いを危険に晒すことを選んだ。
お願いです、私が死んだという風聞を続けて下さい。
そして、教会がキリスト教の埋葬を拒んだので、
私のガレー船の中将が、シチリア島かマルタ島の土に
委ねるという目的で、私の死体を引き取ったと
公表して下さい。
カプチン会修道士　あなたが死んだというこの噂で、何を狙っておいでかな?
エルコール　コンタリーノーには、
命の希望がある。そして私は彼のために祈っているのだ、
生き永らえて、彼自身のものである人、美しきジョレンタを
享受するように、と。なのに、私がまだ息をしていると
万が一、思われてしまうと、おそらく彼女の身内たちが
今までどおりそれに反対するだろう。

*1　場面は、街の通りで、外舞台で演技される。
*2　エルコールは、しゃべるのと同様に立っておくのも難しい様子を演技する。

カプチン会修道士　しかし、あなたが死んだと推定されれば、
　法は、殺人罪で厳しく彼の命を
　請求するでしょうな。
エルコール　　　それは、次のように防ぐことができます。
　彼の父親が有徳の皇帝カール五世*3から
　フランス国王の挑戦状に対する返答を
　運んで以来、彼の家系家族はみな
　貴族の免除特権をもっているのです。その当時、
　高貴なる二人の君主は、海上の前線部隊で
　平底の小舟に乗って戦うことを約束していました。
　コンタリーノーの家族の誰でも、たとえ戦場でたまたま
　気高き大義において人を殺すようなことになっても、
　その者は特赦を得るという特権です。さあ、彼の大義については、
　もしそれが誠実なものでなければ、世の人々が裁くのではないですか。
　どうぞ、言葉を補って下さい。とても痛いのです。
カプチン会修道士　もちろんです。
エルコール　この罪は、ロメリオにあるのです。

聞くところによると、この縁談を介添えするのは、
ある尼僧を孕ませたからだとか。

カプチン会修道士　これは、即座の悔い改めのためか、もしくは悪魔のためか、
どちらかのための仕業をなすに違いない犯罪ですな。

エルコール　ロメリオには大いに同情しています。
というのも、罪と恥とはいつも解放至難の結び目*4で
共に結び合わされているものですから。かくも強い糸で編みあわされているので、
無理やり断ち切るほかはほどきようがないのです。

退場する。

*3　皇帝カール五世――マドリード条約を破ったフランス国王フランシス一世と彼を責めたカール五世とのあいだで一五二八年に交わされた挑戦状、および一五三六年にローマ教皇枢密会議でのフランスの使節を前にした別の挑戦状に関する両逸話が混ざっている。モンテーニュ（Michel Eyquem de Montaigne, 1533-92）の言葉を借りるならば、「国王にシャツ姿で剣と匕首《あいくち》を持って船中で決闘しようと挑んだ」（'he had challenged the king [Francis I] to fight with him, man to man in his shirt, with Rapier and Dagger in a boat', Montaigne, *Essayes*, I, 16, trans. John Florio, p. 26.）と語られている。

*4　解放至難の結び目――原文の英語は、Gordion knots で、フリギアの王 Gordius の戦車は、極めて複雑な結び方で轅《ながえ》を軛《くびき》につないで、アジアを支配する者のみがこれを解くという神託があったが、アレクザンダー大王はこれを剣で両断した。

ここで二幕終わる。

三幕一場[*1]

アリオストー、［商人に変装した］クリスピアーノー登場。

アリオストー　さてと、さあ、なぜあなたがこんなふうに雲隠れ[*2]して暮らしているのか理由を説明するというあなたの約束のことを申し立てねばなりませんな。
クリスピアーノー　実は、スペイン国王が、君も知っているここのロメリオ、例の商人が西インド諸島に、自らの利益になる或る金鉱を掘り当てたのでは、と疑っておられるのじゃ。そのために私を雇い、

*1　場所は前場と同じ。
*2　雲隠れ――原文の英語は、clouded で、アリオストーは、クリスピアーノーの変装を指さして言う。

キリスト教世界のどの部分で、この埋蔵物を売っているのか
知ろうとなさっておる。それに加えて、国王は最近、女性たちによって
どんなに全くばかげた策略が仕掛けられているかも報告を受けておられるのじゃ。
アリオストー　確かにそうだ。そのことについて王さまが聞いておられてうれしいよ。
だって、女房たちは自分の亭主をまるで被後見人みたく扱うんだ。
ネーデルランドのオランダ女たちは、ぜーんぶ収支を
管理して、亭主たちが生きているあいだ、ずーっと、彼ら自身の財産が
幾らあるのか亭主にはわからない状態にしておくものだから
亭主たちは、病気になって、いざ遺書を作る段になると、
彼らの女房以外の人間に何を譲渡すべきなのか正確には
わからない。自分らがなんぼのもんかわかんないのだからね。
そのように、この国でも同じ。女たちが、太守の宮廷で、派閥やら、
地位のための闇取引やら、（彼女らの駆け引きが、
みな夜の営み[*3]だってことは理解しなければならないがね、）
お互いの正直さを疑わせるやら、そういった手段で
どんな強い影響力をもっているか、私が万一復唱でもしたならば、
君はそれには驚くだろうね。

すぐに事はうまく運ぶだろうよ、我々男たちの軍事参謀会議から
女たちが外れておいてくれることができさえすればね。
クリスピアーノー　やれやれ、法廷が、こういった女たちの
傲慢さを抑制することができないのならば、
わしは二度と法廷の席にはつかない、と
誓ったことがあるんじゃ。
アリオストー　おや、それじゃ、請け合います、
あなたの場所は長いあいだ空席にはなりませんよ。

退場する。

[30]

＊3　夜の営み——Cf. シェイクスピア作『オセロウ』の中でイアーゴウの妻、エミリアは、「でも、全世界と引き換えならねえ？　だって、亭主を皇帝にできるなら、誰だって浮気の一つや二つやりますよ。私だったら、煉獄の苦しみにあってもやりますね」（'But for all the whole world? ud's pity, who would not make her husband a cuckold to make him a monarch? I should venture purgatory for't', 4.3.73-76）と言う。

三幕二場[*1]

ユダヤ人の格好[*2]をしてロメリオ登場。

ロメリオ　素晴らしくうまく変装したもんだ。そうだなあ、思うに、
そら、自分自身の影と遊ぶことができるくらいだし、
稀有のイタリア風ユダヤ人ってとこだ。
一粒のサクランボの種[*3]にたくさん顔が彫られたのを見たことがあるが、
その同じ数だけいろいろに違った顔をもつやつ。
腐らせるツタのように人に巻き付き、水銀のように腐食してそいつに
取り入っていくやつ。友人の顎髭から抜けそうな毛を一本だけ引き抜いて
彼の体に毒を入れる、もしくは多量の毒を飲ませるやつ。
そいつは、その毒で九年間持ちこたえて死なずにいるはずだ。春と秋の
季節の変わり目以外は決して不平を言わず、だから

[10]

死因は老衰に帰される。硬貨を捏造するとか、
奥方の操を汚すとか、トルコ人に寝返って[*4]街を売るとか、

---

*1　この場も場所は街の通り、外科医の家での演技は内舞台でなされる。

*2　ユダヤ人の格好——中世に特にユダヤ人や施しを受ける人が着用した、ゆったりとした長い男物の上着（gaberdine）を着て、赤いとっくり鼻（bottle nose）、赤毛の顎髭を付けるなど、シェイクスピア作『ヴェニスの商人』のシャイロックやクリストファー・マーロウ作『マルタ島のユダヤ人』（*The Jew of Malta*, 1589/90）のバラバスのようなユダヤ人役が身に着ける典型的な衣装と身体的特徴があった。既にバラバス役を演じたリチャード・パーキンス（Richard Perkins, c.1579/c.1585–1650）がロメリオ役を演じたとすれば、当時の観客にはさらにその連想が強く感じられたであろう。次のロメリオの台詞にあるように、付け鼻などで身体のシルエットはデフォルメされて、当時としては喜劇的でもあっただろう。しかし、演出では先の場で退場するクリスピアーノーやアリオストーが気付かないで彼とすれ違わさせることで、最初のテストに合格する変装の出来であることも印象付けられる。

*3　サクランボの種——ジョン・トラデスカント（John Tradescant, 1570-1638）のような博物学者だけでなく、当時は貴族たちが、所謂 Cabinet of Curiosities に収蔵するために珍品や稀物を集めることは頻繁にあったが、「たくさんの顔が刻まれたサクランボの種」（'[the] cherrystone with numerous faces', Impey, p. 109）はお決まりのようにコレクションに含まれていたようである。

*4　トルコ人に寝返って——この台詞は、「イタリア風ユダヤ人」という表現があることからも、マキアヴェリ的悪党バラバスが念頭におかれていることは明らか。ロメリオ役の俳優が、のちの経歴でバラバスを演じた記録があるので、逆に、既にバラバス役を演じたことのある役者がこの台詞をしゃべっている可能性もあるだろう。

キリスト教徒軍の艦隊で焚火をするとか、
軽微だがずる賢い悪行に関しても、俺は取り掛かることができるぞ、
まるで策略にたけた政治屋を飲み込んで、消化して
純粋な血以外の何物でもないものにしたかのようにな。
だが待て、俺は我を失ってる。これがその家だ。
おーい、ごめんくださ い！[*5]

二人の外科医登場。[*6]

外科医その1　さて、御用ですかな。
ロメリオ　君たちは専門技術をもっている人間だな、聞くところによると、
コンタリーノー卿を治療している。
外科医その2　そうです。私らは彼の外科医です。
しかし、もう施しようがありません。
ロメリオ　なぜだ、死んだのか？
外科医その1　言葉もしゃべれない状態です。傷は生命維持器官近くで
かなり化膿しているとわかりました。それで温かい飲み物による

私どもの治療では膿瘍を除去することができません。
とても弱っていますので、傷口を広げる切開術を施せば
すぐに死んでしまうでしょう。
ロメリオ　遺書を書いた、と聞いたが。
外科医その1　はい。
ロメリオ　ジョレンタを相続人に指定した、と。
外科医その2　そうです。私どもはその証人です。
ロメリオ　まだロメリオは来ていないのか、
おまえたちがなした苦労に報いるために
感謝と多大な報酬を与えるために。
外科医その1　まだです。
ロメリオ　私の言うことをよく聞けよ、紳士諸君。私は誓約する、
もしも君たちが自分ら自身の利益を真剣に心配するつもりがあるならば、

＊5　役者は、叫ぶだけでなく、ドアをノックしてもよい。ロメリオの以下の台詞はユダヤ人訛りで発声。
＊6　喜劇性を増し加えるには、衣装の工夫が必要。当時の外科医は、「縞模様のエプロン」を着た男として知られる理髪師も兼ねていた。エプロンに飛び散った血の跡などを付けるのも面白いだろう。

私は、コンタリーノーの遺書に起因する大きな遺産を
君たち二人に譲渡することになる仕事に関して
ここに来たのだから。
外科医その2　どうやってでございますか？　だって、その遺書はロメリオのもので、その中でコンタリーノー卿は私どもに何も与えてくれてはいないのですよ。
ロメリオ　いいか、注意して聞けよ。私は医者なのだ。
外科医その2　医者？　何処で開業なさってるんで？
ロメリオ　ローマで、だ。
外科医その1　ああ、それでは患者さんはいっぱい供給[*7]されますね。
ロメリオ　供給だって？　そうだなあ、うん、私の割り当てで殺すのは、月に二〇人、
それも昼までしか働かないで、だ。冗談だよ、君たちと愉快にやるのを
ゆるしてくれるだろ。だが、言ったように、
私はずっと医学を学んできたのだ。コンタリーノーの
近い親戚で、そして親族縁者法によって、彼の唯一の
遺産相続人であることが実際、適切であるところの
高貴なローマ人から、彼と君たちの利益を
もたらすように依頼されて来たのだ。

両外科医　どうやってですか、どうぞ教えて下さい。
ロメリオ　私は、持参した抽出薬によって、
たとえ彼が、言葉もしゃべれず、目も頭に据え付けられたまま動かず、
血管に脈もないとしても、彼に半時間のあいだ、
感覚と、そしておそらくは少しばかり話す能力を
回復させることができる。これが成功した後で、
もし我々が彼を説き伏せて、間違いなくそうするが、
別の遺書を作らせ、そしてその中でこの紳士を彼の遺産相続人に
指定させることができれば、私がこの家から立ち去る前に、
君たちに一万ダカット*8をお約束しましょうぞ。
そしてそれから彼の頭の下から枕を引っこ抜いて、
死ぬ時に信じている宗教が何処へでも彼を送る場所へ
穏やかに逝かせましょう。

［60］

＊7　いっぱい供給――ローマでは犯罪と悪徳が満ち溢れているから。
＊8　一万ダカット――一幕一場註＊3参照

外科医その１　私たちに一万ダカットいただけるのですか？
ロメリオ　私のユダヤ教にかけて。
外科医その２　好条件の取引ですな。決まりだ、仰せのままにしますよ。

ベッドに寝ているコンタリーノー。*9

さあ、あなたが施術せねばならぬ対象です。
ロメリオ　よくぞ仰った。正直な人たちだ。
では、てきぱきと仕事にかかりましょう。しかし、紳士諸君、
私は、この施術を単独でやらねばならないのです。
外科医その１　ああ、全くお一人でどうぞ。
ロメリオ　鍵は閉めて。
外科医その２　お好きなようになさって下さい。［傍白］だが、これにもかかわらず、このユダヤ人、
私は信用しないぞ。
外科医その１　［傍白］全く、本当のことを言うと、私もあいつが気に入らない。悪者のような顔を
してやがる。こりゃ、大した戯言《ざれごと》だ、息を吹き返させて、新しい遺書を作らせるだと。何か企みが
あるな。ユダヤ人め、おまえの近くで見張っておこう。

外科医たち退場。*10

ロメリオ　素晴らしい、願ったり叶ったりだ。この騙されやすい馬鹿者たちは、
俺が大金を払ってでも買っただろうものを
タダでくれてしまったよ。――静かに、まだ息があるぞ。
さあ、エルコール、あんたの時期尚早の死ゆえに
私が誓った復讐の一部として、
加えて、先例を嘲る、俺自身のこの巧妙な仕事。
だって、万一この御仁が生きていて
そして、俺の妹をもらえないってことになってみろ、まあ、俺が誓ったように、
けっして結婚できねえんだがな、ああ、こいつは望むなら、新月になるたびに
遺書を書き換えるかもしれん。それを防ぐために
強力な手続き差し止め通告を提出せねばならぬ。だから、出てこい、
いちかばちかの、我が錐刀よ。これは、女の髪に
付けられても、けっして見つかりはしない、

＊9　内舞台のカーテンを引いて見せても、楽屋からベッドを運び出してもよい。
＊10　外科医たちは、カーテンの背後など、ロメリオを隠れて見ることのできる場所へ移動。

かんざしか、せいぜい巻き毛ゴテくらいにしか
思われないだろう。が、もちろん、これは武器だ。
バミューダ諸島産の豚[*11]を屠殺するためにのみ適した、
最も非人間的な、卑怯な武器だ。人間の命の領域に
どうやってかわからないまま、こっそりと入り込んで奪う。
ああ、偉大なカエサル、あんなにも多くの補強された槍や、
毒を塗った矢じりや、剣や、投石器や、そして戦斧《せんぷ》の
衝突をしのいだ彼が、ついには、
クッションの上でくつろいで座っている時に、
こいつのような靴屋の突き錐で、ニキビに開けられた
切り口ほども大きくない穴から彼の魂を抜け出させて
死に至るとは。信じられねえ、俺は、彼があんなにも
卑しむべき死に方をしたことがひどく腹立たしい。だが、なぜ
俺は、それが理由でこんなに残酷にもおまえを責め、
それでいてその柄[*12]を取って振るのか？　それは俺が、
裏切りをする、こんな陰謀以外ではけっして
このような武器を使ってほしくないと考えていることの表れだ。

しかしこいつが、おまえには一番慈悲深いということが証明されるだろう。
というのも、こいつは、おまえが公の処刑台で死ぬことから
おまえを守ってくれるからだ。そして、それで
おまえに完全なる癒し[*13]をもたらすのだから。こんなふうに。
彼を刺す。
そういうわけで、終わったな。次は、俺の逃走だ。

外科医たち登場。

* * *

＊11　バミューダ諸島産の豚――当時そこに大量の豚が生息していることが報告されていた。のちに、アンドリュー・マーヴェル（Andrew Marvell, 1621-78）は、「バミューダ諸島」の中で「神が…我々の岸辺に福音の真珠を投げた」（'He cast … / The Gospel's pearl upon our coast', 'Bermudas', lines 29-30）と書いて、『新約聖書』マタイ伝にある「豚に真珠」を暗示して、クロムウェルの西方政策を揶揄した。
＊12　おまえ…その柄――原文の英語では、Steeletto で、stiletto は錐状の小剣［短剣］、錐刀。ここではその凶器に'thee' と呼びかけておいて「その柄」を 'him by the hand' と急激に人称が替わっている。役者の目線が錐刀から観客のほうに向いて独白から傍白へ転換していると考えられる。
＊13　完全なる癒し――死は生きているあいだのすべての痛みを終わらせるからであるが、予弁法的に、これがコンタリーノーの傷の治癒をもたらすことも暗示している。

外科医その１　おまえ、悪党いかさま師め、おまえの内臓が、やけどするほど熱い鉛[14]で洗われて耐えることができるかどうか試してやる。

ロメリオ　待ってくれ、キリスト教に改宗するから。[15]

外科医その２　いや、頼むからずっとユダヤ教徒のままでいてくれ。キリスト教徒には、こんなにまで邪悪な行為で有罪になってほしくないからな。

ロメリオ　俺は、商人のロメリオなんだ。

外科医その１　ロメリオだって！　自分が実にずる賢い商人だとよくもまあ証明したもんだ。

ロメリオ　なぜ俺がここに来たか読み解いてくれ。

外科医その２　ああ、血に汚れたローマ[16]からの手紙の中にな。

ロメリオ　俺はこの男を憎んでいたんだ。こいつのしている呼吸の一分一秒が、俺には拷問だった。

外科医その１　たとえあんたがこの行為を思いとどまっていたとしても、この人はこれから二時間も生きてはいなかっただろうよ。

ロメリオ　だが、その時にこいつは死んでしまって、俺の復讐は果たされなかっただろう。ほら、金だ。

裕福な男は、恐ろしくがみがみ言う女房を黙らせるために高い代金を払ったものだが、俺がおまえたちに払う口止め料は

［130］　［120］

それ以上の値段だ。ほら、ダカット金貨の詰まった袋で、手付金だ。〔金を渡す。〕

外科医その2　そうですねえ、だんな、この仕事の重さを考量*17しますとね、だんなの殺人、とは少しも考えられないと思いますよ。まあ、もし四分の三ほど溺死状態のアイルランド人がいて、私がそいつのところへ行って、喉にウイスキーを流し込んで窒息死させたとしても、だんなのやったことは、それ以上のものじゃないですね。

ロメリオ　心の奥に秘めておいてくれるか？

外科医その1　だんなの魂と同じように。

＊14　熱い鉛——拷問の一種として熱して溶かした鉛を飲ませることがあった。また、ヘンリー八世の時代に囚人を処刑する方法として熱湯もしくは熱した鉛で茹でるという刑があったという。同台詞中の「試す」（'try'）という言葉は、司法的な文脈とも、当時の理髪師兼外科医が、処刑された犯罪者四名の死体を毎年実験用にもらい受ける権利を有していたこととも整合性をもっているように思われる。

＊15　ロメリオ、ここか次の台詞で変装を解く。

＊16　ローマ——ロメリオが変装していたユダヤ人はローマから来たと言っていたからであるが、血で書かれたローマ字体の筆跡の、とも解釈できる。もし実際に何か書かれたものを手渡すとすれば、持っていたコンタリーノーの遺書か。

＊17　ダカット金貨の詰まった袋を手に持って重さを計りながら言う。

ロメリオ　それじゃあ、黄金に富む西インド諸島のほうがおまえより早く欠乏するほどおまえは金持ちってことだ。
外科医その2　その御主張には硬貨の奏でる音楽*18がありますな。
ロメリオ　［傍白］なんと不幸にも不意打ちを食らったことか！　退場。
この二人の乞食野郎の終身奴隷にされちまった。
外科医その1　すばらしい。この所業でやつは自分の財産を我々の物にしてしまったな。
外科医その2　私は即座に怠け者の外科医になるぞ、そして飾り馬衣を垂らした馬にまたがろう。やつから八日おきに一〇〇ダカット金貨の保証金を引き出すのだ。ぶつくさ言ったら、密告してやるさ。
外科医その1　しかし、やつが我々に毒を盛らぬように気を付けましょうぞ。
外科医その2　ああ、けっして彼とは飲み食いしませんよ。歯のくぼみに解毒剤になる一角獣の角の粉でも入れとかないかぎりね。
コンタリーノー　ああ！
外科医その1　あの人、うめき声を出さなかったか？*19
外科医その2　あの人の口のドアには、まだ風が吹いてるのか？
外科医その1　ほう！　こっちへ来て。不思議な偶然もあるものだ。やつの刀は、以前の傷に振り下ろされた、それで凝固していた血が自由に流れ出るための出口を開けたのですよ。膿瘍のうみが何と多量にそこから出ているかよく見てごらんなさい。

外科医その2　とても元気に息を吹き返していると思います。

外科医その1　そこには神の御手がありますな。あの人を殺そうという、やつの意図があの人の命を救う正に直接的な方法になるとは。

外科医その2　なんと、これは私がイギリスで聞いたことのある人のようです。ロンドン塔で手足を引っ張られる拷問にかけられて、痛風が治ってしまった人[*20]のよう。というわけで、もしあの人を回復させれば、私たちは両方から報酬をもらえますな。しかしながら、秘密にしておかねばなりません。

外科医その1　やむを得ませんな。我々が、紳士たちの忌まわしい病[*21]を治せば、彼らはその治療にそ

［160］

＊18　報酬の袋を振って音を鳴らしながら言う。

＊19　喜劇的な効果を狙って、役者はこの疑問文を観客に向かって問いかけてもよい。

＊20　ロンドン塔で…人——一六〇四年頃時局的な話題になっていたらしい。ベン・ジョンソン作『ヴォルポーネ』（*Volpone, or The Fox*, 1606）では、弁護士のヴォルトーレが「拷問台が痛風を治したと聞いたことがある」（'I have heard / The rack hath cured the gout', 4.6.32-3）と言っている。

＊21　忌まわしい病——つまり、秘密にして欲しい性病ということ。

れだけ多く払ってくれます、そしてその秘密を洩らさなければ二倍多くいただけます。さあ、手抜かりなく仕事にかかりましょう。洗浄剤を温めて、焼灼ごてを持って来て下さい。

退場する。*22

[170]

*22 コンタリーノーを載せたベッドは、内舞台の幕を引くか、外科医が押して退場。外科医のうち、どちらかはロメリオのユダヤ人変装用具も拾って退場。

三幕三場[*1]

テーブルが二本の蝋燭、しゃれこうべ、書物[*2]と共に前のほうに据えられ、喪服姿のジョレンタと彼女の隣にロメリオが座っている。

ロメリオ　なんでそんなに悲しむんだ？　鏡[*3]を手に取って、この悲しみがおまえに似合うかどうか見てごらん。その青白い顔は男たちにおまえが習慣的に幾らかの化粧を以前していたと思わせるだろう、

＊1　場面はレオノーラの家の一室、少なくとも最初の部分は内舞台で演じられる。
＊2　蝋燭…書物――黒い喪服と同様にテーブルの上にある瞑想の道具はすべて憂鬱を表す。
＊3　鏡――ロメリオがテーブルに置いてあった鏡を取ってジョレンタの顔の前にかざしながらこの台詞。ルネサンス期の道徳的エンブレムとしては、鏡に映った女性の姿は、死によって滅ぼされる虚栄を表す。しばしば図像には死神と悪魔が共に描かれるが、この場面の場合、死神はロメリオである。

幾らかの忌まわしい顔に描く絵だよ。コンタリーノーは死んだんだ。

ジョレンタ　ああ、あの人がこんなに早く死んでしまうなんて！

ロメリオ　なんだって？　頼むから教えてくれよ、熱病は、短いに越したことはないだろ？　それに、下手くそな劇は、上演時間が長ければそれだけ不快になるんじゃないのか？

ジョレンタ　　　　　　　　　　　お兄さんがしでかした悪事に、憎らしい中傷を付け加えるのはやめてちょうだい。あの人は、宮廷の人たちの目に、そこで最も選び抜かれた宝石として据え付けられてたわ。

ロメリオ　　　　　　　　　　　　　　　　　　　　　ああ、怒るなよ。

確かに宮廷は、調和のとれた性質にたくさんのものを付け加えて完璧にする。それは、実際も、また理論的にも、世間が自分自身を盛装させるためにその中に姿を映して見る輝かしい水晶のように澄んだ鏡のようなものだ。だが、言わなきゃならない、妹よ、もしも場所の卓越というものが救済をもたらすことができたのならば、悪魔はけっして天から落ちはしなかった。悪魔は、高慢だったからなのだ。

［ジョレンタは立ち上がり去ろうとする。］行くのか、家族を後にして去るのか？

ほら、もう一度座りなさい。俺に策略があるんだ。

もしおまえが真剣にそれに耳を傾けるなら、
それは先例を越える策だが、この二人の
高貴な男たちの死から俺たちの家の
繁栄を生み出すだろう。

ジョレンタ　ああ、用心しなさい、お墓は、腐った土台よ。

ロメリオ　いや、いや、聞いてくれ、
それはある程度、間接的に、だ、白状する。
だが、世の中には、間接的に入ってくる
栄達というものも大いにあるんだ。頼むからよくお聞き、
おまえは既に遺書の言葉によって無条件に
コンタリーノーの遺産相続人になっている。それで今、もしおまえが
エルコール卿の子どもを孕んでいると証明されることができれば、
俺はおまえに彼の土地も相続させるつもりなんだ。

ジョレンタ　これってどういうこと？
彼の子ども、って、彼は死んでるのよ、それに私は生娘なのよ！

ロメリオ　そんなことがどうやってできるの、とおまえがいぶかるのはわかってた。
だが、俺はそれを主張する手はずをかくも入念に整えたから

キリスト教世界の弁護士が皆寄ってたかっても
何ら小さな瑕疵ですら見つからないだろうよ。俺には、
聖クレア修道会[*4]の情婦がいる。美人の尼僧だ。
その女は、彼女の血気がそこに至るであろう発情を知る前に
修道院に閉じ込められて、悔い改めるために充分な
時間だけがあって、そして俺との恋に落ちるのには
充分に無為な時間があった。で、要するに、
俺は聖い修道会の秩序を大いに乱しちまって、
この尼僧を孕ませた、ってわけだ。
ジョレンタ　口の利けない産婆にすばらしい仕事を作ってやったのね！
ロメリオ　おまえがこんなに快活になってくれて嬉しいよ。
さて、エルコールの子どもを妊娠して
まるまる二ヵ月だということをおまえにすぐに
公言してもらいたい。その噂は、おまえにとって
何の醜聞も産むはずがない。なぜなら俺たちは、
その婚約は、結婚の形式の中で使われるのと
同じ言葉によって、極めて厳格になされたので、

小さな施しをすれば、つまりお金の問題だが、純然たる結婚として登録されるだろうと主張するつもりだからだ。
ジョレンタ　じゃ、どうやら、私の身ごもった子どもは、兄さんの私生児となるのも、ごもった／とも、*5と理解しましたわ。
ロメリオ　そうだ。俺の情婦がお産の床に就くそういう時には、おまえも同じ振りをしなければならんからな。
ジョレンタ　巧妙な芸当だわ、これって。でも、私には不可能だわ。
ロメリオ　不可能？
ジョレンタ　そうよ、兄さんが私に偽装工作させたいと願ってることは、ほぼ本質的に実行されてるの。いいえ、もう実行された後よ。私、もう妊娠してるの。

＊4　聖クレア修道会——一二一二年に、アッシジの聖フランシスによって教団に加えられた聖クレアによって創設された。清貧、禁欲、隠遁生活を宗とする。
＊5　ごもった／とも——原文の英語は、conceive で、「〈子を〉身ごもる」という意味と「理解する」という意味が掛けられているので、地口にして訳出した。役者は「た」と「と」の中間音で発声。

ロメリオ　　　　　　　　　　　はあ、誰の子だ？
ジョレンタ　コンタリーノーのよ。眉をひそめないでちょうだい。
婚約が正当化してくれるわ。間違いない。
いやむしろ何処かで立派な、単独単数の、もしくは聖職禄が複数*6だっていいわ、
聖職者を見つけて来て、どうしても主張するつもりよ、
神が私たち夫婦を一緒にしたのだ、と。
ロメリオ　　　　　　　　　　　ああ、災難だなあ！
それじゃあ、おまえの子どもはエルコールの子だと評判をたてなきゃならん。
ジョレンタ　それじゃあ、兄さんの希望は粉々ね。あなたを崇《あが》めてる修道女の子は
土地を相続してはならないわけよ。
ロメリオ　　　　　　　　　　　そんなことはどうでもいい、
もし彼女の評判を保てれば。変に悩ましいぞ。
そうだなあ、彼女がおまえより先にお産の床に就く、
そして、彼女の子どもは、おまえの出産の時まで、
隠しておいて、それからおまえは双子を産んだ、と
公表したと仮定してみよう。は、素晴らしくね？
ジョレンタ　それで、お互いにどんな似ているところがあると思うの？

双子はいつも似ているものよ。
でも、これが兄さんの目的じゃないわよね、兄さんの子どもに
エルコールの土地を相続させたいんじゃないの？――ああ、私の悲しい魂、
兄さんは、まだ私を充分にみじめにしてないって言うの？
だから、青春時代に、気苦労で髪に霜を置かせるこの冬の時代、
それは兄さんが私にかけた魔術だけど、その挙句の果てに、
さらに私の名声に毒を盛ろうとするつもりなの？
ロメリオ　おまえの名声はもう毒されているだろ。
ジョレンタ　嘘よ、その振りをしただけ、
死をもたらす目的のために。私、そう思ったの。
ロメリオ　何の目的だ？
ジョレンタ　もし兄さんが私の大事な貞節を愛して、もしくは大切にしてくれていたなら、
私が妊娠していると話した時に、兄さんは私の心臓の中に

＊6　聖職禄が複数――聖職兼務（pluralism）を行い、聖職禄を二つ以上もらえば当然、担当する教区が広くなり、不在の時間が多くなることから聖職者としての適切な役割が果たせず、非難の対象となった。

［80］

短剣を、鍵をかけてしまい込んだでしょう。でも私はだらだらと
生き永らえなきゃならない、私自身の悲しみが、私を消耗させて
殺してしまうまで。

ロメリオ　［傍白］こりゃいかんな。だが、悪魔が突然、たぐいまれな呪文を俺に授けてくれたぞ。
ではあるが、全く不自然な虚偽だ。[*7] が、もしそれで効果があるなら、問題なしだ。
　待ってくれ、妹よ。おまえに一つ厄介な事を話したいんだ。
しかし、とても気が進まない。自然は、憐れみ深く
本当に隠しておきたいと願っただろうようなことだ、
　俺の母親が死んで目を閉じるまでは。

ジョレンタ　　　　　　　　　　お願い、何なの？

ロメリオ　おまえ、見ただろ、
俺たちの母親が、何と懇ろな敬意をもってコンタリーノー卿の
身を案じ、しかも何と熱烈に
おまえとの縁談を邪魔しようとしたか。いやはや、これは単に
世間の目をくらますためだったんだ。というのも母さんは、もしやつが同意すれば、
おまえが、コンタリーノーと結婚するだろう、ってわかってたからな。
母さんは、あいつに惚れてるんだ。それで、二人のあいだで、

おまえが結婚した後、一つの屋根の下で
三人がみんな一緒に暮らすということが、狡猾にも企てられたってわけだ。
恐怖なしでは俺には囁くことすらできないこと、
まあ、ほとんど悪魔の悪意でさえそそのかさない、
彼ら二人のあいだの淫乱だ。

ジョレンタ　そういえば、あの人が怪我をしてから
お母さんはとても熱烈にあの人の
安否を尋ねてたわ。

ロメリオ　　確かに、この宝石を、
聖なる十字架が中に刻まれていて、数千クラウンの値打ちと
見積もられるこの聖遺物を母さんは、死の床に横たわっている
あいつに送ることを願っていた。

ジョレンタ　兄さんが言うように、お母さんへの

[110]

＊7　不自然な虚偽――ロメリオが以下の台詞を語る際には、レオノーラがコンタリーノーを愛しているという想定が実は本当に当たっていることには気付かないまま、あくまでジョレンタを騙すための思いつきとして発声することが必要である。

愛を告白してるなら、なぜあの人は私を彼の
遺産相続人にしたの？

ロメリオ　遺書は、あいつが決闘に行く前、あいつが最初に
おまえへの求婚者だった時に作られたんだ。

ジョレンタ　決闘に、ああ、しっかり思い出した。
もしあの人がお母さんを愛していたのなら、どうしてあの人は
私を求めての争いに自分の命を失ったの？

ロメリオ　公然たる侮辱ゆえ、だ。おまえには理解できない言葉だ。
コンタリーノーにとって、エルコールは、おまえの疑念を晴らすための、
偽の競争相手だったからな。それには、俺も一杯食わされたよ。
万一、そのことでコンタリーノーが戦わなかったとしたら、
やつは、臆病者という非難を被っていただろう。

ジョレンタ　この軽蔑すべき知識をどうやって手に入れたの？

ロメリオ　死ぬ半時間くらい前に
あいつが贖罪司祭にため息交じりで話している時、
あいつの外科医が漏れ聞いたんだ。

ジョレンタ　告解をその目的以外に使った罪で、それから私を

その報告でこんなにもみじめにした罪で
その外科医は絞首刑にしてほしいわ。これが真実であり得るかしら？

ロメリオ　いいや、紛れもない欺瞞だ。
常に法廷から追放処分を受けてきたような、ね。しかし、自分自身の
好みのために自分の娘の夫を取っておいた母親のことを
おまえ、未だかつて聞いたことがあるか？
あいつはおまえを一つの性質で気に入ってたんだ、情欲のためだよ。
そして、あいつは俺たちの母親を別の性質で愛していた、金のためだよ。
しゃれ男のやり方だ、まさしく。だが、さあ、もうそのことは二度と考えるな。
その汚い鳥は、それを孵化させた悪魔に投げ返してやれ、そして中にある
悪い物はすべてこいつに埋めさせよう、あの人は俺たちの母親だからな。

ジョレンタ　世の中でこれほど血の気が引くようなおぞましいものを
見たことは一度もなかったわ。明白にあり得るという思いと
信じられないという思いとのあいだでの、それで死んでしまうくらいの
大きな葛藤だわ。
ああ、お月さまに別の世界[*8]があったらいいのに、
幾らかの空想家が夢見るように、人間がみんな、

全人類が、不実さゆえに、その不変の世界へ
入植するために送られることを私は願うでしょう。あら、
今、私の気持ちはもう一方の人の思い出よりももっと
エルコールさんの思い出に惹かれてるって断言するわ。
ロメリオ　しかし、コンタリーノーがもし生きていたら？
ジョレンタ　神の律法が私たちに誓いを
強固にするよう命じているという証言をしてもらうために
私、何でも召喚するわ。たとえあの人が生きていて、そして健康だったとしても、
けっしてあの人と結婚しないでしょう。
そう、世界が私に対してこんなにも不誠実だと
わかってしまったから、私もそれに対して同じように不誠実になるつもりよ。
兄さんのために、私がこの子の母であることを認知するわ。
ロメリオ　はあ？
ジョレンタ　間違いなく、私の悲しみの一部分でも紛らわせてくれるでしょう。
ロメリオ　ああ、確かに、肉体的な出自に関して
もし本当のことが知れたら、世の中で何度、貴族の地位が、
トルコ人の一番金持ちの宦官の跡継ぎになったほうがましな

様々な男たちに伝わったことか、と
考えると微笑ませるよね。
ジョレンタ　こんな状況では、私、ひどく
息が臭くなると思わない？
ロメリオ　何で？
ジョレンタ　ああ、兄さんの秘密を隠していて、それがひどく腐敗したものだからよ。
ロメリオ　おいおい、こういう辛辣な機知のひらめきはいらないよ。
ジョレンタ　兄さんには様々な偽物の誠実さがあるけど、
私まで不誠実さを、不貞を犯したと偽らなきゃいけないの？
でも、誰も異議を唱える人がいなけりゃいいけどって思うわ。私、今度から
常に、お腹の大きくなった女性の真似をして、

＊8　お月さまに別の世界——月下の（sublunary）世界は、可変性に支配されていると考えられていた。Cf.『モルフィ公爵夫人』の中では、枢機卿が女性の浮気性について、「月の中に別の広い世界を見つけて、／そしてそこに貞節な女性を見つけようと目を向けるには、／我々男性は、フィレンツェ人、ガリレオの発明した／あの信じがたい眼鏡を借りに行く必要があろうな」（'We had need goe borrow that fantastique glasse / Invented by *Galileo* the Florentine, / To view an other spacious world i'th' Moone, / And looke to find a constant woman there', 2.4.16-19）と言っている。

つわりや貧血で気が遠くなる振り[9]をしなきゃいけないのよ。
ロメリオ　血色を悪くするには、熟れていない果物、それからオートミールを食べろ。
ジョレンタ　ベッドに入ったまま、正午から二時間くらい過ぎた頃に食事をとるわ。
ロメリオ　そして、起きたら、おまえのお腹を前に出して褒めてもらうために、ペティコートにキルトを詰めた前書きみたいな部分[10]を作るんだぞ。
ジョレンタ　今、妙な考えが心に浮かんでるの、妊娠した時、私の知っている女性の中には、彼女らの亭主をひっぱたきたくて仕方なくなった人たちがいたわ。どうしましょ、もし私が妊婦らしさという規律を守るために、私の仕立て屋にそんなふうに私の願望を実際に行使して、彼の脳天をさんざんぶったたいたら。請求書の金額をその分、盛ってくるでしょうね。
ロメリオ　魚の干物みたいにぶったたかれてぺったんこになっても大丈夫な、扱いやすいやつを俺が見つけてきてやる。
ジョレンタ　ああ、私の奇矯な悲しみ、道化の

まだらの服を着てなきゃ、今じゃもう充分に惨めになることさえ
できないのかしら？　いいえ、もっと悪いわ、だって、私たちの喜怒哀楽が、
こんなに目の回るような不確かな変化を生み出すのならば、
けっしてまともではいられない、結局、本当に気が狂ってしまうものよ。
退場。

ロメリオ　コンタリーノ卿への強い嫌悪感を
妹の中に生み出す以外に、世の中の何もこれを成し遂げることは
できなかっただろう。ああ、嫉妬心、
何と凶暴な、特に女たちの中で、
何としばしば、訴訟という形で
地獄から悪魔を呼び出したことか！　俺が特に注意して
世話すべきことは、母親と娘とのあいだで、狡猾にこの悪鬼に

＊9　この時、舞台上で実際に失神して倒れる演技をしてもよい。

＊10　前書きみたいな部分——原文の英語は、preface。本のイメージは、原文にある advance から始まっていて、「前に出す」という意味とともに「賞揚する、褒め称える」という意味（*OED*, 12）があり、本の前書きは本文の内容を賞揚する役割を担っている。シェイクスピアも、デズデモウナを「この最も美しき本」（'this most goodly book', *Othello*, 4.2.72）と呼ばせるなど、女性をしばしば本に喩えている。

食い物を与えて養うために、策略が気付かれないようにするという
ことでなければならない。俺の次の仕事は、妹が、
このおもわく上の出産後に、説得されて修道会生活に
入るということ。結論として彼女は、けっして
結婚してはならないということになる。それで、俺が
彼女の財産の管理者として残されるってわけだ。そして最後に、
俺の二人の外科医は、雇われて東インド諸島へ行く。赤道を越えたら、
連中には秘密をべらべらしゃべらせればいい。熱帯性熱病なり、
壊血病なり、インド梅毒[*11]なりが、願わくは、連中が帰国するためには
適切な手段を取って、帰れなくさせてくれればいい。

レオノーラ登場。

ああ、母さんが来た。あなたに妙な知らせがあります、
妹が妊娠しているんです。
レオノーラ　何か大きな不幸が続いてやって来るような気がするわ。
本当に、災いというものは、

フランシスコ会の修道士[*12]が訪問してくる時のように、
私たちを苦しめるために、一人ではけっして来ないからね。
あなたが去る時、コンタリーノーは、どんな状態だったの？
ロメリオ　不思議なことだ、以前の悲しみから
そんな質問へ飛び移れるとは！
教えてあげましょう。彼の外科医が不在の時に、
俺の慈愛が、外科医たちならゆっくりとやった、そしてその報酬をもらった
仕事を彼のために瞬時にやってのけた。
俺はあいつを殺したのです。
レオノーラ　あなたが最後に口を開いてから私は二〇年分の歳をとったわ。

［220］

＊11　熱帯性熱病…インド梅毒――前者は、熱帯地方で船乗りの罹患する病気で、譫妄《せんもう》状態に陥り、緑の牧場だと思って海に飛び込んでしまうと言われていた。後者の病名は、梅毒がコロンブスらによって西インド諸島からヨーロッパに持ち帰られたという説に由来する。通常は、フランス病と呼ばれ、ナポリ、スペインとも関連付けられた。
＊12　フランシスコ会の修道士――必ず二人組で旅をするように要請されていた。原文の英語には They never come to pray upon us single とあり、「彼らは決して一人では私たちのことを祈らない」という意味と「不幸は決して単独で私たちに襲い掛かる（prey）ことはない」という意味が掛け合わされている。

ロメリオ　はあ？
レオノーラ　あなたが話したその傷は、あなたの母親の心臓を貫通して
あの人に与えられたのよ。
ロメリオ　では、母さん、すぐに癒してあげましょう。あなたのこの悲しみは、
あなたの間違いに起因している。コンタリーノーが子どもの父親だと
思っておられるから、あいつに生きていてもらいたいと思うのでしょう。
しかし、ジョレンタは、全く筋の通った真実の主張をして、それは
エルコールの子だと誓っています。何という巧妙さで
その契約に、しかもなお、何と懇ろにうちとけてベッドに、妹が
引き寄せられたことかと考えると
私を微笑ませてくれます。ハトたちは、つがいになる時には
必ずある種の不平をぶつぶつ言うものです。
レオノーラ　ああ、とても気分が悪い。
ロメリオ　　　　　　　　あなたがた女性たちの古くからある病ですよ。
悲しみ嘆くと子宮に変調が起こる、ヒステリーですな。
レオノーラ　本当に、ヒステリーで自制心を奪われてしまうわ。
こんな息子を私がかつて産んだなんて。*13

ロメリオ　　　　　　　　　　どうか、妹の面倒を見てやって下さい。
俺は、際限なく仕事まみれなんです。
レオノーラ　待ちなさい、あなた、コンタリーノーの喪に服するわよね？
ロメリオ　ああ、もちろんですとも。それが相応しい、妹は彼の遺産相続人ですから。

退場。

レオノーラ　あなたを会葬者の筆頭、一番嘆き悲しむ人にしてあげるわ、嘘じゃない。
私のような悲嘆は今までに一度もなかった。ああ、彼の命を救うための
私の気遣いと私の無制限の骨折りが、彼の無制限の滅びに
なってしまったとは。では、あの人は逝ってしまったのね。
世の中で不可能な欲望と比べることのできる
疫病はない。だって不可能なものを欲しがる人たちは、欲望自体の中で
疫病にかかっているのだから。二度と、ああ、二度と
生きているあの人を見ることがないなんて。あの人が生きていたから
私自身の人生だけよりも遙かににこやかに暮らせたんだわ。
あまりに細かい心遣いが私を破滅させてしまった。

＊13　レオノーラのこの台詞はロメリオに直接、言い返しているとも、傍白とも演出可能。

私が愛していることをどうして直接知らせなかったのかしら?
年長の御婦人が、結婚という立派な方法で
若い人に愛情をもつ先例[*14]がなかったわけでは
ないのよ。ああ、私、気が狂うわ。
だって、私たちが末っ子を一番愛するように、
私たちの最後の愛情の果実は、
それを何処に与えようと、一番強くて、
一番激しくて、一番我慢できないものだから。
それは、本当に私たちの最後の収穫の祝祭、
冬が来る前の最後の慰みだから。私たち未亡人は、
人々が最良の画家について述べるように、
以前にやったすばらしい仕事すべてよりも
今手掛けている作品のほうにもっと愛着があるものよ。
なのに私の息子は、私からこのすべてを奪ってしまった。まあ、私の息子!
私は彼にとって復讐の女神になってやる。弓で射殺するためだったら、
邪魔になるから、アマゾン族の女のように、あの子に吸わせたこの右の乳首を
切り落とすでしょう。夜、狼[*15]なんかに私の乳首を盗ませ、

私から乳を奪わせないのと同じように、あの子に対して優しい気持ちはもう感じない。いいえ、そういう獣のほうを遙かにもっと愛せるはずよ。あははは[*16]、あなた、何言ってるの？思うに、確かに何か得体の知れないものに話しかけてる。ひょっとしたら、私の邪な悪霊になのかも。鐘が鳴ってない？頭の中で変な音がするの。ああ、バラバラになって吹き飛んでしまえ[*17]。おいで、老齢よ、私をしなびさせて、かつて幸せだった者たちの悪意へと変えておくれ。そして、地獄の

＊14　先例――レオノーラが具体的に誰と誰の結婚を念頭に置いていたかは定かでないが、ウェブスターの代表的三作品に登場する主人公の女性たちは皆、当時の規範を逸脱した恋愛をしている。『白い悪魔』のヴィットリアは、妻子ある男性と、『モルフィ公爵夫人』の場合は、身分違いの執事と、そして六〇歳頃のレオノーラは、二〇歳代のコンタリーノーとの歳の差婚である。こうした自由恋愛は当然ながら当時にあっては社会的制裁を受ける。また、この劇の場合、これほど極端な歳の差があれば、喜劇的な演出の材料ともなる。
＊15　狼――伝統的に強欲、情欲、残忍さ、冷酷さと関連付けられた。
＊16　この笑い、もしくは叫びが、レオノーラの錯乱状態が増長していることを表す。役者は、衣服を乱したり、髪の毛を掻きむしって、ぼさぼさにしたりするなど慣習的な乱心の症状を示すことができる。

悪魔よりももう一つ別の特質を与えておくれ。
若者たちの喜びを心底、嫉妬させておくれ。
望むべき良いことなど何もないこの人生において、
如何なる種類の罪悪も恐れさせないでおくれ。私をあの尊敬すべき
女王さまの錯乱状態で、死なせておくれ。
あのお方は、託されたものがちゃんと届きさえして、彼を強情なやつだと
勘違いさえなさらなければ、喜んでお救いになっていただろう
あの勇敢な紳士を失ったことを思われて、
食べ物も、眠りも、儀式も厭われたのだ。[*18] 埋めておくれ、
人も記憶もけっして私を見つけられないところへ。
倒れる。

［カプチン会修道士とエルコール登場。］

カプチン会修道士　［エルコールに］こちらが彼女の贖罪師として私が自由に使える
専用の通路です。彼女を準備させるまで、
まだ見つからないでいただきたい。
奥方に平安がございますように。
［エルコールは引っ込む。[*19]］

レオノーラ　まあ！

カプチン会修道士　熱心にお勤めをなさっておられる、といいのですが。このあなたの瞑想のために世の中で一番いい枕は、地面、[*20] そして一番いい対象は、天です。

＊17　バラバラに……――モルフィ公爵夫人も同じ表現を使っている。「錆びて、火薬を詰めすぎた大砲のように／私はバラバラになって吹き飛ばないかしら？」（'like to a rusty ore-charg'd Cannon, / Shall I never flye in peeces?', 3.5.101-2）。

＊18　女王さま…勇敢な紳士……――当時、民間に流布していた伝説では、失敗した反乱の後、処刑を待つエセックス伯は、寵愛を受けていたエリザベス一世に指輪を送った。その指輪は、彼が許しを願う時、それを送れば罪が許されるという約束と共に、かつて女王が彼に与えたものであった。ところがそれはノッティンガム伯爵夫人に誤って渡され、女王のところへ届くことがなかった。喜んで救ったはずのかつての恋人の強情さを悔やみながら、女王はエセックス伯の処刑を完遂したが、のちにノッティンガム伯爵夫人が死に際に告白した言葉を聞いて、深い悲しみの床に就き、間もなく亡くなったという。レオノーラのエリザベス一世への言及は、家父長制度下にあって、前治世の女性君主への郷愁の念がことさら政治的に利用されていた当時の状況も想起させる。ウェブスターの描く女性が、観客の肯定と否定とのあいだでの曖昧さをもっていることと無関係ではないだろう。

＊19　エルコールはレオノーラからは見えず、観客からは隠れているのがわかるような位置に立つ。舞台上に吊るしたカーテン等の陰が有効だろう。

＊20　地面――レオノーラは依然、倒れたまま。四大元素のうち土は、悲しみと親和性をもつと考えられていた。

レオノーラ　亡くなった友人に囁いているのです。
カプチン会修道士　それで参ったのです、
死んでいた御友人が生き返られたという知らせをあなたに
もたらすために。
レオノーラ　どういうことですか。
カプチン会修道士　敢えて推測致しますが、あなたのお子さんたちの次に、
あなたが命よりも大切にされているお方です。
レオノーラ　天は、私が完全に破滅するのをお許しにならないのね。
カプチン会修道士　と申しますのも、そのお方は、あなたの義理の息子で
あったはずで、外科治療が見放した時に、
奇跡的に救われたのです。
レオノーラ　　　　　ああ、有徳の師よ、
天国でのあなたさまの冠がより偉大なものとなるように、
天に昇る数多くの魂を勝ち得られるために生きられますように。ええ、あの人の
心臓への致命的な一撃によって、エルコールが始めたことを
あの子が部屋に忍び込んで、終わらせたと、
私の息子のせいで、信じてしまったのです。

エルコール　［傍白］ああ、彼女は間違っている。
彼女が生きていてほしいと願っているのは、コンタリーノーだ。それにしても
私自身の身の安全のために、彼女の最後の言葉にはこだわらねばならぬな。
レオノーラ　何処で、ああ、この慰めを与えてくれる人に何処で会えますか？
エルコール　［前に進み出て］ここ、あなたの娘さんの、誓約された配偶者の中で。
レオノーラ　ああ、私はまた死んでしまったわ。あの人の代わりに、
あなたは、あの人を飲み込んだ墓を、私に引き合わせられた。
エルコール　気を取り直して下さい、優しい奥方さま、
勇敢なコンタリーノーが生きているのをご覧になりたいのですね？
彼の美徳を綴った、より高貴な年代記は、私自身をおいて
あるはずがございません。もし彼が[*21]死んでいるのをご覧になりたければ、
我が悔悛の涙という形で、新たに血を流している彼を
あなたにお見せしましょう。

＊21　彼——生きているコンタリーノーは、エルコールの語る武勇伝の中に存在し、死んで血を流す彼は、エルコールの流れる涙で思い出すことができる、という意味。

レオノーラ　　エルコール殿、あなたは、自分が犯したもう一つの悪事を
埋め合わせるために生きていなさるだけです。
恥ずべき罪によって、あなたが子を孕ませてしまった
私の、可哀そうな罪のない娘が滅びないように。
エルコール　［傍白］溢れ出るのは同情の気持ちばかりだ。ああ、可哀そうな人！
彼女はコンタリーノーの子を宿している、そして彼は死んだのだ。
彼女のためなら死んでもいいと思うくらい彼女を愛していたこの私自身以外の
誰によって、彼女は世間に対して自分の名誉を守るべきであろうか？
子の父となり、彼女の評判を保ち、そして
彼女と結婚することほど、私の徳を行使するのに
より名誉な方法はけっしてないだろう。
［レオノーラに］私は、娘さんがコンタリーノーの寡婦であり、彼の死と同時に
私に託されたと考えることに致します。きっと彼女は彼の妻だったのです、
教会での儀式を欠いていたこと以外は。
このことを娘さんに伝えて下さい、奥方さま、そしてそれに加えて、
彼女が私をこんなにも信頼してくれていたと信じる私ほど
跡継ぎの誕生に、より大きな喜びを心に抱いた父親はけっして

いなかったということを。お母さまに娘さんの心の準備をしていただくまで、
今は、彼女のところに無理に訪れるつもりはありません。
万一私が突然に娘さんの面前に連れて行かれようものなら、
急な激しい驚き、でなければ恥辱のどちらかが、
彼女の中の果実を枯らせてしまうかもしれないということを
あなたの取り乱されたご様子に読み取っているからです。お任せ致します、
かつて心が抱いていたのと同じ、娘さんに対する高潔な誠実さと思いやりを
ご推挙下さいますよう。——［傍白］[*22] 天国の至福を得る希望にかけて誓う、
この善行をなすためにのみ私は生きてきたのだ。
カプチン会修道士 ［エルコールに傍白］そのうえに、もしあなたが賢明であられるのなら、
その母親がロメリオの背信行為について明かしたことを
忘れてはなりませんぞ。　　エルコール、カプチン会修道士、退場。
レオノーラ　本当に高貴なお方だわ。私は、あの人の忠誠心の中に
何と尊い慰めを、私の愛しいコンタリーノーの中で

*22 観客に、もしくはカプチン会修道士に向かって。

亡くしてしまったのかを読み取り、
そしてすべてが私の絶望に付け加わる。――誰か、用事よ。

ウィニフリッド登場。

肖像画を取って来てちょうだい、

ウィニフリッド退場。

奥の私の部屋に掛かっているわ。

そういえば、私、

外科医のところでロメリオがしでかした背信行為をつい
しゃべってしまった。でも大したことはない、言いつくろえるわ。
あの子のために準備している、もっと深い復讐の念が私にはあるの、
あの子を生かし、そして殺す、それが私の企てている
仇討ち。

ウィニフリッド、肖像画を持って登場。

じゃあ、それを掛けてちょうだい。*23

［傍白］四〇年前、その肖像画を所有していた
当事者に、私は、苦しめられた時にはいつでも
それを見るように命じられた。彼がそれをどういう意味で言ったのか
わからないけれど、でも、私には、突然、
それが悪行を思いつかせてくれたと思われるの、母親がけっして
夢にも思わなかったような策略を。ここから、演劇の
私の役割が始まるわ。私の息子の財産は、海での損失で
沈没してしまい、彼には父親が残した土地以外には
何も残されていない。法律が彼を破滅させるだろう、
というのが結論よ。［ウィニフリッドに］こっちへ来てちょうだい、
教えなきゃならない重大な秘密があるの、
でも、最初に、あなたが墓の向こうまで秘密を守ることが
できるということをどれほど私が信頼してよいか

［370］

＊23　当時、この劇が上演されたコクピット座は屋内劇場で、グローブ座などの野外劇場にあるような構造上の柱が舞台にないので、絵はステージ奥の楽屋出入口近くの壁部分に掛けられたであろう。

私に対して再確認してもらいたい。
ウィニフリッド　おや、奥さま、唯一の方法は、
私がこれまでの人生で行なった最悪の行為をまず
奥さまに明かすように申し付けることですね。
そうすれば、一つの秘密が別の秘密を縛って出てくることはないですよ。
レオノーラ　あなた、本当に賢いこと言うわね。
確かに、何かつまらない悪だくみが
企てられている時、それに至るまでの秘密の幾つかが
良いものであるなんてことは、合わないものね。
だから、世の中で起こってきたたくさんの悪事の中では、
お互いの恥の情報交換のほうが、
良心や宗教の絆よりも
遙かに効果的に機能してきたのよ。
ウィニフリッド　でも、奥さま、
私が今までに犯したどんな罪もあなたさまに関わっているとは
思わないで下さいまし。一つのことでそれが嘘だと証明するために、
もし重大な事の一番軽いものでさえ、私を信頼してそれを打ち明けようと

なさるなら、奥さまは、馬鹿者でしょうよ。
レオノーラ　あなたは、この四〇年間、私と一緒に生きてきた。一緒に歳をとってきたのよ。たくさんの奥方たちとそのお付きの女性たちが、つまらないことをしゃべり、もっとつまらないことをしながらそうしたように。私たちの命を、ただ服を着ることだけで、最も命と関係のないことに費やしてきた。そして今、そのことを考えてるの、私は、あなたにとってずいぶん宮廷風の女主人だったわね。喜ばせる言葉は言うけど、喜ばせる行為はしてこなかった。でも今がすべてに報いる時よ。私の息子は、領地を六つ遺産として残されています。
ウィニフリッド　そうです。
レオノーラ　でもあの子はそれを享受するために四日間生きていることができないのです。
ウィニフリッド　彼に毒を盛られたのですか？
レオノーラ　いいえ、毒はまだ醸造中にすぎません。
ウィニフリッド　全く誰にもわからないようにして施さねばなりませんよ。
レオノーラ　誰にもわからない？　毒は、開廷中に彼に与えられ、裁判官の面前で、私があの子に

どうしても飲み込ませるつもりです。もしも彼が、四〇時間以上、
哀れな一〇アルパン[*24]の面積の土地の持ち主であれたなら、
世の中の人々に私を正直で貞節な女だと評させて下さい。

ウィニフリッド　そうなるといいのですが。

レオノーラ　　　ああ、真似のできない私の策略を
あなたが考え付くことなどできないわ。私の霊父のところへ行きましょう。
そこでまずあなたには、私の秘密を守るという約束を
してもらいます。それから、その企みを一人の女の知恵に
等しいものとさせるには、四人の悪魔と五人のその擁護者を
必要とするほどの、悪賢い口裏合わせに
あなたを雇うつもりです。

退場する。

ここで第三幕終わる。

＊24　アルパン――約一エーカーにあたるフランスの土地測量単位。

四幕一場*[1]

レオノーラ、［訴訟事件摘要書*[2]と下書き原稿を持った］サニトネッラ［と］ウィニフリッド、公認記録係、が一方のドアに、アリオストーがもう一方のドアに登場。

サニトネッラ　［記録係に］その女性を君の執務室へ連れて行ってくれたまえ。君のインクを干上がらせるくらい腹の中に*[3]言いたいことがたまっている、私にはわかるんだ。

［ウィニフリッドと記録係、退場。］

*1　場面は、ナポリ法廷の控室、外舞台で演技される。
*2　訴訟事件摘要書――原文の英語では、brief で、喜劇的な効果を上げるには、できるだけ大きく嵩張った書類であるほうが面白い。「下書き」は、おそらくそれよりもたくさんあるはず。サニトネッラには、大量の書類を入れる巨大な弁護士用カバン、さらに角製のインク入れも小道具として必要。

［レオノーラに］こちらが、あなたに付く学識ある弁護士の男です。*4
弁舌、立て板に水の人物で、
狐の肺の粉末回復薬を絶えず
ポケットに入れており、息が切れないようにいつも
マラガ産の干しブドウ*5を持ち歩いておられる。［アリオストーに］先生、
この貴婦人が貞節な訴訟理由であなたの助言を懇願しておられますぞ。
それにつきましては、御意に適いますれば、この訴訟事件摘要書が、私自身の
お粗末な仕事の成果ですが、軽く啓蒙の光をお与えしますでしょう。　［彼に訴訟事件摘要書を渡す。］
アリオストー　これを摘要書と呼ばれますかね？
軽くどころか手のひらで重さを計って、紙、八〇枚くらいはありますよ。
この紙で安いチーズやまずいイチジクでも包んだら、内容もその程度でしょうけど、
何キログラムだろうね。　［訴訟事件摘要書を読む。］
サニトネッラ　あなたに喜びがもたらされますように。面白い方ですな。
私どもの事務所ではただこの部分を摘要書と呼ぶだけなのですよ、
用件の主たる要旨は、余白に書いてあるのです。*6
アリオストー　思うに、あんたペチャクチャしゃべりすぎですよ。
わたしゃ、長い前口上の付いた正当な訴訟理由なんてのに

我慢できたためしは一度もないんだ。
レオノーラ　［サニトネッラに］あなた、彼をイラッとさせてますよ。*7
アリオストー　何だって？　ああ、異様な。この六〇年生きてきて、全業務経験の中でもこんな忌まわしい訴訟理由には一度もお目にかかったことがない。おい、あんたは、この女性の下男かい？
サニトネッラ　いいえ、先生、私は、助手です。
アリオストー　いやはや、おまえ、下劣な三百代言の悪党め、

*3　インク…腹の中に――当時、インク生成のための成分は没食子《もっしょくし》（oak gall）に由来し、人の腹の中にも苦い胆汁（gall）があったことから、おそらく言葉遊びが内包されている。また、しばしば、ペンには男根のイメージがもたされたので、インクを使い果たさせるという表現には性的な暗示もある。
*4　アリオストーは、サニトネッラに紹介されるまでは離れたところに立っている。
*5　狐の肺…マラガ産の干しブドウ――当時、前者は、呼吸困難を治し、肺を強く健康に保つ効果、後者は、胸、肺、気管支に良く、息切れ、嗄れ声に薬効があるとされた。
*6　長ったらしい説明を辟易して読むアリオストーの肩越しに書類をのぞき込んで指さすサニトネッラには喜劇的な所作が必要。
*7　レオノーラはアリオストーを喜劇的な仕草等でうるさく悩ませているサニトネッラの注意を引き、解放されたアリオストーの次の台詞に観客の注意を集中させるための間を作る。

教会法廷での陳述のために連れてこられた売女《ばいた》は、
遺書を改ざんする遺言執行人は、
未亡人や未成年孤児の虐待は、もう充分じゃないのか、
「充分以上ヤレルナリ」*8の不正な離婚やあんたの不埒な訴訟理由も
もう充分だろ、なのに、一人の女を満足させるために、
新しい策略、新しい巾着網を見つけねばならんのかね？
ああ、女たちよ、バラッドが生き残って教えてくれるものだが、
あんたがたは、まもなく結果としてどうなるんだろうかね？
サニトネッラ　あなたの報酬は準備できてますが。*9
アリオストー　そんな報酬とそのしっぽに付いてくるそんな訴訟なんか
みんな悪魔にくれてやる。ほら、奴隷のようにあくせく働くやつが、
間違ったラテン語を書いてやがる。こらっ、イグノレイマス、*10
おまえ、これまでに大学にいたことはあるのか？
サニトネッラ　いいえ、一度も。
しかし、私が私共の法律事務所の壇席で着手した*11というのは、様々な人々に
よく知られているところであります。
アリオストー　何処だって？　おまえたちの法律事務所の壇席だ？

[40]　[30]

サニトネッラ　この四年間、馬車馬がぶっ倒れたようになって座礁してます。ほとんど自分の机から離れて非居住[*12]なことはありませんな。

アリオストー　非居住の、召喚係の手下め、

*8　「充分以上ヤレルナリ」――原文ではラテン語で、*Plus quam satis*。法的な常套句に *nunquam satis*（決して充分ではない）という表現があって、性的不能を理由に婚姻を破棄する場合に使われた。喜劇的効果を狙って、それをもじった法律用語である。

*9　アリオストーの怒りをなだめるためにお金を出す。その出し方や量によってサニトネッラが観客の笑いを取れる個所でもある。

*10　イグノレイマス――法律用語の Ignoramus（我々にはわからない）は、大陪審が告訴状の予審を行い、証拠不充分で正式起訴へ進まない場合に使われるが、ジョージ・ラッグル（George Ruggle, bap.1575-1621/2）の劇『イグノレイマス』以降、風刺的に弁護士を指す言葉となった。この劇は、一六一五年にケンブリッジ大学でジェームズ一世の前で二度の上演が行われ、当時、主席裁判官であったエドワード・コーク卿（Sir Edward Coke, 1552-1634）に酷似したイグノレイマスを描いて高い悪評を得た。アリオストーの「大学に……」の質問は、「おまえは役者としてケンブリッジ大学での公演に出たことがあるのか？」という皮肉でもある。

*11　着手した――原文の英語は、Commenc't で、「〈訴訟を〉始める」という意味と「〈大学で修士または博士の〉学位を取る」という意味がある。サニトネッラは、大学には行っていないが、実務経験があると言いたかった。

*12　非居住――聖職者にとっては咎められるべき、複数の聖職禄を得て、複数の居住地をもっている状態を表す言葉。役者は、この言葉を強調するために発声の後、間を取りたい。

［訴訟事件摘要書を破る。[13]］
聖職者の効によって、その言葉を乱用したかどで、
おまえの誹謗文書を破り捨ててやる。
サニトネッラ　どういう意味ですか、先生？　四日間の徹夜労働を要したんですよ。
アリオストー　同じ期間、酔っ払っていたほうが、
我々の法廷にもっとましな奉仕ができたはずだ。
サニトネッラ　先生、厳粛さを忘れて[14]おられる、と思いますが。
アリオストー　おや、しまった、そうなのか？
お見受けするに、女性の性質もキリスト教もそれがどういうものか
ほとんど全く覚えておられないようじゃな。どうしてあの、
たらし込む下男にちょっかい出されるのか。あいつは何の役にも立ちませんぞ、
せいぜい事務所を蚤だらけにするか、そうでなきゃ、休廷期間中ずっと、
ただ皮膚の発疹を直すためだけに、でっかいインク壺[15]を下げて、
そして、法律事務所のお歴々が偏平足の足の指に作った魚《うお》の目を
ほじくり出すために鵞ペン削りナイフを携えた、
霜焼け野郎以外の何者でもない。
レオノーラ　先生は私に失礼なことを言われますね。
アリオストー　女よ、あんたは気が狂っとる。誓うよ、弁護士よりも

医者のほうがもっと必要だ。
黒胆汁が顔に溢れていて
あんたの化粧じゃ鬱病を隠せないな。こんな恥ずべき訴訟は、
我々の法廷を辱める。それにこれは真面目な弁護士に、
彼らが申し立てをしているあいだにも、自分自身の耳をふさがせる。それが、
あんたの雇った、安らかな良心をもった若者たちが、そんなにも大きな
ナイトキャップを被って弁護士になる理由じゃよ。行きなさい、
婆さん、行って祈るがいい。さもなくば、狂気が、でなきゃ悪魔自身が
あんたを乗っ取ってしまうぞよ。同じ訴訟理由が、どんなキリスト教世界の
法廷でもけっして口にされず、判例などになりませんように。
法ではなく、不埒な訴訟が、法の恥辱を産むものじゃ。

退場。

＊13 かなりの厚さだから破れないで多くのページは散らばるだけかもしれない。破ろうとするアリオストーと散らばった書類を懸命に掻き集めるサニトネッラの所作は喜劇的演出が可能な個所であろう。
＊14 厳粛さを忘れて——アリオストーの所作、動作が喜劇的で笑いを誘う演技であることを示唆する。
＊15 インク壺——インク製造に使う没食子から採れるタンニンは皮膚病の治療に使われた。

レオノーラ　きっとあの爺さん、気が狂ってるわ。
サニトネッラ　あいつの痛風の指に疫病が降りかかれ！
もしみんながあいつと同じ意見で、自分らが正直なものと考える訴訟以外は、
どんなものも受け入れないということなら、きっと私らの
弁護士たちは、今の半分も早く儲けを得られないでしょうな。

めかした弁護士、コンティルーポー登場。

だが、ここにその方がいらっしゃった。

学識あるセニョール・コンティルーポー、この人は、
違いますぞ、嘘じゃありません。下書き原稿で
代用せねばならないな。

［コンティルーポーに近づきながら。］

コンティルーポー　私に仕事ですかな？
サニトネッラ　あなたにです、先生、このご婦人からの依頼で。
コンティルーポー　彼女なら喜んで。
サニトネッラ　下書き原稿です、先生、何とか読めるでしょう。
金貨で二〇ダカットです、判読できますか、先生？

コンティルーポー　かなりいいね。とても、とても、よく読めますよ。[*16]

サニトネッラ　［傍白］この男は救われるな、字が読める。[*17]　主よ、主よ、お金に何ができるかわかるために、なにがしかの意味が識別されて、なにがしかの利益がありますよう、私の手書きの字が、私の仕業が、けっしてそんなに汚くありませんように。

コンティルーポー　これは、「貞節ニ生キル」と書いてあるのではないかな？

サニトネッラ　いいえ、先生、そこは削除されています。この書類中の何処でも「貞節ニ生キル」が出てくる時は、抹消線を入れて下さい。

コンティルーポー　忘れないでおこう。本当に君は見事な書記体を書くね。私の意見では君の書記体の筆跡は最高の評判を取ると思うね。

＊16　コンティルーポーはお金の重さを計る身振りをしながら、読みにくい字も報酬ゆえに読解能力が増している状態を演技する。

＊17　字が読める――ということは聖書が読めるわけだから救われるという意味と、免罪詩（neck-verse）と呼ばれる、ラテン語聖書の詩編第五一章の冒頭の一節を尋問官の前で読めると聖職者の特権（the benefit of clergy）が適用され死刑を免れたので、救われるという意味。

サニトネッラ　先生、私はフランスにいたのですがね、そこでは、本当ですよ、
法廷書体が、一般的に、想像を絶するほど受ける*18のですよ。
コンティルーポー　まさに、人がそれに熟練しているほどな。
サニトネッラ　［傍白］豚の泥をぬぐっているようなあの、別のやつに頼むまえに、この有徳の紳士
のことを思いつくことができなかったとは！　そうだったなあ、この人を依頼人に紹介するといつ
も若い書記に半分報酬をくれてた。［コンティルーポーに］先生、その訴訟についてのご意見は？
コンティルーポー　この立派な申し立てについては、
驚きで打ちのめされて、ほとんどうっとりしている。
レオノーラ　　　　　　　　　　　　心からの
深い悔悟の実りです。
コンティルーポー　　世の中の人々
すべてに、今後続く裁判所年報の中に、判例を残すであろう
訴訟事件である。聴衆のために、
狭苦しい法廷よりもむしろ広い劇場に
値するものである。きっとご婦人方すべてに、彼女らの子どもたちの
身分に関する問題点を正すための正しい道を教えることであろう。
サニトネッラ　見よ、ここに慰め主あり。

コンティルーポー　かくして、あなたは平安な墓へお入りになるであろう、
あなたの傷ついた心に向かって永遠に泣きわめきながら横たわり、
そしてあなたと共に最後の審判へと蘇ったであろう、
そのような罪から放免されて。
サニトネッラ　ああ、最後の審判の日のことを考えるであろう、そんな弁護士を私に与えたまえ。
レオノーラ　どんなに悪意に満ちたものであろうとも、
彼に反して事を推し進めねばなりません。
コンティルーポー　疑うなかれ。何、彼は召喚されているか？
サニトネッラ　はい、そして、この半時間以内に開廷されます。*19 記録をよくお読み下さい、お知らせしてから非常に短い時間しかありませんから。

＊18　書記体…法廷書体…受ける——前者の書体（secretary hand）は一六世紀英国の標準的、一般的書体で、後者（court hand）が法廷で使用された書体。下書きだから書記体で書かれているのか、それともサニトネッラは、事務弁護士なのに法廷書体で書けないのか。「受ける」と訳出した原文の英語は、takes で、法廷書体で書いたほうが賄賂をもらえるという暗示もあるかもしれない。
＊19　トランペットの華やかな吹奏なり、裁判官の席を事務官が持ち込むなり、舞台上では、開廷が迫っていることを示す演出が必要。

コンティルーポー　それは心配せんでいい。

有徳のご婦人よ、私についてきなされ、そしてこの訴訟、

既に決着したと考えなされ。

退場する。

四幕二場[*1]

裁判官たちの席を用意する事務官たち、[*2]
彼らのところへ顔を覆ったエルコール、登場。

事務官その1　個人専用の席をお望みですか？
エルコール　はい、お願いします。
事務官その2　ここが、法廷に付属した小部屋です。[*3] ここでしたら、姿を見られないで全部お聞きに

＊1　場面は、ナポリ裁判所法廷、演技は舞台全部を使う。
＊2　事務官は、おそらく二人は必要。壇の上に、背もたれ、ひじ掛けのある、裁判官用の椅子二脚を置いて、それぞれ原告、被告が立つための手すり二本を設置する。
＊3　エルコールは舞台上のカーテンの背後か楽屋出入口へのドアの背後かに半分は観客に見える位置に隠れることになる。

なれますよ。

エルコール　どうも。お金、取っておいて下さい。

事務官その２　もう一度、感謝致します。

［エルコール、引っ込む。］

［デンマーク人に変装した］コンタリーノー、変装した外科医たち登場。[*4]

コンタリーノー　君たちが東インド諸島へ行ってしまったとロメリオは本当に説得されているのか？

外科医その１　全く確信していますよ。

コンタリーノー　だが、君たちは行くつもりなのかね？

外科医その２　どうやって？　東インド諸島へ行く、ですって？　かなり多くのオランダ人たちが酢漬けニシンの味付け用に胡椒を取りに行ってますがね。最近は、そこで胡椒だけじゃなく、イギリス人[*5]に弾丸を浴びせられてるやつらもいましたね。しかし、ねえ、傷はこんなに良くなって回復されたのに、なぜご自身の姿を隠したままなんです？

コンタリーノー　私の美しいジョレンタが、気高いエルコールの子を宿していると、事もあろうに噂されていることが、私に、この一連の出来事がどんな激しい結末を迎えるのか待ってみようと

いう気にさせるのだ。彼女の兄が、妹の身ごもっている
赤ん坊を、生まれる前に、結婚させようとしているということも
聞いている。もしも娘ならば、
オーストリア大公の甥に。もし息子ならば、
パラヴィチーニ家*6という貴族の
古い家柄に、というふうにな。あいつは、ずる賢い悪魔だ。

……………………………………

*4 コンタリーノーには、当時、入念に詰め物がされて切り込みの入ったデンマーク兵の軍服風の衣装を着せた。尊大な虚栄心を表すような派手な格好をさせて、気取ったジュリオーと同じ類いの人物として喜劇的に演出することも可能だろう。外科医は、五幕三場では「ユダヤ人の服」を着て変装しているので、ここでもその可能性がある。両者とも観客には正体がわかるような変装が必要。

*5 オランダ人…イギリス人――一六一六年以来、現インドネシア領モルッカ諸島、別称香料諸島をめぐって反オランダ感情が激化しており、武力衝突や船舶の没収が繰り返されていた。原文の英語にある pepperd は、「胡椒を振りかけられる」という意味と「弾丸を浴びせられる」という意味で地口になっている。一六一八年一一―一二月、ジェームズ一世はロンドンでオランダ派遣団と東インド諸島での貿易権問題を解決するために交渉を行なっているが、その事案の一つには大西洋でのニシン漁に関するものもあった。

*6 オーストリア大公…パラヴィチーニ家――前者は、一五七一年スペイン・イタリアの神聖同盟艦隊がトルコ艦隊を破ったレパントの海戦で活躍したオーストリアのドン・ジョン、後者は、エリザベス一世に多額の借款を行なったホレイショ・パラヴィチーノー卿の家系のことを念頭に置いた名前かと考えられる。

それに、どんな奇妙な法的訴訟事件が、あいつとあいつの母親とのあいだで起こったのかにも興味があるからな。

外科医その1　弁護士たちのあいだでは、それは永久に彼を破滅させてしまうだろうと囁かれています。

サニトネッラ［と］ウィニフリッド登場。*7

サニトネッラ　事務官諸君、聞こえるかね？　メモを取るために速記*8する者を一人たりとも入れないように、特に注意しなければなりませんよ。

事務官その1　駄目なのですか？

サニトネッラ　絶対に。何がしかの噂の立つ訴訟理由があれば必ず、下劣な小冊子やみだらなバラッドがすぐにそれから生み出されるのは間違いないのです。［ウィニフリッドに］もう食事はお取りですかな？

ウィニフリッド　私はまだです。

サニトネッラ　それは、あなた、失敗しましたね。だって、この訴訟は長い申し立てになるでしょうからね。しかし、大丈夫、あなたの小腹を満たすために、私の弁護士カバンに中にちょっとばかり食べ物がありますからね。

ウィニフリッド　何です？　緑のショウガですか？
サニトネッラ　ショウガの辛さで誤魔化すのでもなく、ピレトリウムの根[*9]でいっぱい唾液を出させようというわけでもありません。ですが、虫歯にはもっといいものです。
ウィニフリッド　何なのか教えて下さい。
サニトネッラ　ご覧下さい、とてもおいしそうなプディング・パイ、我々法廷書記が大きな慰藉を見出すものです。[*10]

…………………………………………………………

＊7　コンタリーノーと外科医たちは目立たない場所へ移動。サニトネッラは、ウィニフリッドを案内しながら、自分が法廷内部に精通していることを自慢しているような演出をすれば、喜劇的効果を加えることに寄与できる個所だろう。
＊8　速記――当時、演劇や説教が速記者によって無許可で書きとられ、それを基に海賊版が出版されることが横行していた。
＊9　ショウガ…ピレトリウムの根――両者とも辛い香辛料で空腹感を緩和するのに役立つ。後者は地中海産の小さな植物で、根に含まれる油分が歯の痛みを治療するために用いられた。
＊10　サニトネッラが「ご覧下さい」と言って、巨大な弁護士カバンからプディング・パイを取り出すまでの時間は、喜劇的な効果を狙った所作や演出を工夫する必要がある。博学な法的知識を裏付けるような多量の書類が入っていると思いきや、そこからパイを取り出す滑稽さ。取り出されたパイも「小腹を満たす」小さなものという前置きに反して巨大なものを用意すれば、次のウィニフリッドの台詞での反応に合った、逆に食欲を失くさせる小道具となり笑いが取れるだろう。

ウィニフリッド　私、食欲ないわ。
サニトネッラ　なくても大丈夫。学識ある弁護士の幾人かはそれで喜ぶのです。何度も振舞ったことがあるんですよ、訴訟が西洋すごろくの一回目で負けた分を取り返す二回目の戦いのようにながーくなってしまった時にね。

裁判官の格好をしたクリスピアーノーが[11]、もう一人の裁判官と共に、コンティルーポーともう一人の弁護士が一方の手すりのところに、ロメリオ、アリオストーが他方の手すりのところに、顔にベールをかけたレオノーラとジュリオー、登場。

クリスピアーノー　妙な申し立てだ。レオノーラは来たか？
コンティルーポー　ここにいます、裁判長。そこにそのご婦人を通せ[12]。
クリスピアーノー　ベールを取らせろ。自分の訴訟理由を面と向かって見るのが恥ずかしいようだな。
コンティルーポー　病気なのです、裁判長。
アリオストー　気が狂っているのです、裁判長、その治療のために、もっと暗く[13]しておきたいと思っている。［ロメリオに］失礼ですが、すぐ傍らに控えている機会を今いただいております。そしてこの半時間以内に、腹を立てていただく、とても腹を立てていただくよう懇願致すことになりましょう。
クリスピアーノー　ロメリオは来たか?
ロメリオ　はい、ここにおります、裁判長。何か私の、断言致しますが、知らぬことに答えるために呼ばれたのです。と申しますのも、今のところ法廷が何の罪で私を告発するつもりなのか、全く存ぜぬことですので。
クリスピアーノー　では、きっと手続きがすこぶる不平等なのだな。わしの見たところ、反対側の弁護士はすべての説明を

＊11　クリスピアーノーは、もう商人の変装はしていないが、付け髭等の多少の変装は必要。この場の終盤でそれを取る。白い毛皮で縁取りされた深紅のローブを着て、肩からケープを掛け、アーミンの毛皮製フード、襞襟を付けて、白布の頭巾（coif）と黒い頭蓋頭巾（skullcap）、その上に柔らかい、角のある帽子を被った盛装。
＊12　楽屋の扉前に見物人たちの人混みを作る必要がある。
＊13　もっと暗く――シェイクスピアの『十二夜』四幕二場で、マルヴォーリオがそうされたように、発狂した人間の通常の治療法は、暗い場所に監禁しておくことであった。

与えられておる。
ロメリオ　お教え下さい、裁判長、私の告発人は誰ですか？*14
クリスピアーノー　君の母親だ。
ロメリオ　［傍白］コンタリーノーの殺人をばらしたのだな。
俺の命を疑問に付すような、母親の自然な感情に合わないことを
するということなら、戦ってこれを俺の損失をすべて清算させる
機会にしてやろう。
クリスピアーノー　では、法廷は君にこの恩恵を施そう。
起訴内容を聞きなさい。
それがわかったら、これから二週間
休廷に入る。そのあいだに弁護士を手配するのだ。
アリオストー　忠告する、彼らの申し出を受けるのだ。
さもなくば、家族の、狂気の血は争えない、
あんたは、母親よりも気が狂っている。
ロメリオ　　　　　　　　　　あなたは、何者ですか？
アリオストー　愛のためでも金のためでもなく、
断言するが、正義そのもののために、

あんたに良かれと願っている、怒れる人じゃ。
ロメリオ　頼むから離れてくれ、でないと、あんたの痛風*15をピリピリさせてやるぞ。
アリオストー　これこれ、あんたは、東インド商人だとわかっておる。
まだあんたの中にはピリッとしたプライドの風味*16はあろうに。
ロメリオ　［クリスピアーノーに］裁判長、私は、母に対して、もしくは、
世間に対して、彼女がそれで私を告発しうる犯罪を、そのこれっぽっちの
小さな影の部分ですら、犯しておらず、私は無罪であるという思いに、
非常に力づけられていますので、ここに謹んで
懇願させていただきます、この時この場において、
すべての証言聴取を行い、同様に偏見のない、

[80]

……………………………………

＊14　ロメリオがここで尋ねなければならないということは、母親が原告側の手すりの後ろには立っていないわけだから、レオノーラの立ち位置に注意が必要。
＊15　痛風――アリオストーの老齢を嘲りながら、自分から離れろと脅すために、ロメリオはステッキでアリオストーの足を小突くとか、自分の足で踏む、蹴る（その身振りをする）ことができる。
＊16　ピリッとした…風味――原文の英語は、spice だから、東インド貿易で扱う香辛料の意味と「身体的不調の軽い症状」（'a touch of some physical malady', *OED*, 5a）の意味が地口として含意されている。

そして遠慮のない判決を与えて下さいませ。
クリスピアーノー　あまり自信たっぷりになるな。恐れる訴訟理由があるのだ。
ロメリオ　恐れには、地震と一緒に、海での難破、
もしくは天に現れた前兆と一緒に、暮らしてもらいましょう。
私は自らを自分の真実の心の高貴さの、はるか数尋下にまで置いて、
恐れるということはできません。
アリオストー　とても立派な言葉だ、請け合うよ。それに何らかの
内実が伴えば、だがな。
クリスピアーノー　［ロメリオに］それでは、君の嘆願どおりにしよう。
そして、自分自身の信じやすい性質が君を破滅させるとしても、
今後、法廷を責めてはならない。［コンティルーポーに］申し立てを始めなさい。[*17]
コンティルーポー　訴訟内容を開陳致します御許可を私に与えて下さいますことが、
裁判長ならびにあがめるべき法廷の意に適いますように。
それは、かくも稀有で、かくも全く先例を欠いておりますので、
同様の判例を示すためには民法すべての
広範にわたるすべての書物を調べる必要があるほどであります。
私どもはこの貴婦人の弁護団でありますし、

報酬もいただいております。しかし、私どもが陳述致そうとしていることの全体の方向は、全くもってこのご婦人の不利になることなのであります。それでいて私どもはいただく報酬にも値するのであります。ここに、一人の人物、商人のロメリオが立っております。私は、あなた方に彼を肩書、即ち、付加事項なしで、名指し致しましょう。

と申しますのも、彼の推定上の名誉の、あの偽りの光は、絵に描かれた炎がみな、もしくは、暗闇の中の蛍[*18]がそうであるように、真の熱が欠けているので、彼には全く卑しくしか適合しないからです。あたかも彼が、強奪や搾取で得たお金で、紋章官から紳士階級の地位を買った[*19]かのようにです。彼は、派手な借り物の羽毛を長いあいだ

＊17　コンティルーポーには、早くしゃべらせろ、というふうなこれ見よがしの身振りを既にさせておく。
＊18　蛍――Cf.『白い悪魔』(5.1.38-9)、『モルフィ公爵夫人』(4.2.133-4)、「栄光とは、蛍のように、遠く離れれば輝いて煌めくが、／近寄りすぎて見れば、熱も光もないものだ」('Glories, like glow-wormes, a farre off shine bright / But lookt to neare, have neither heat nor light' *The White Devil*)。
＊19　紳士階級…買った――ジェームズ一世が騎士の爵位を財政確保のために売ったため、貧しく家柄の悪い、新しい騎士たちが増えて、民間では嘲りの対象となった。第四幕二場＊22参照。

[110]

使用したため、それを没収された状態で立っていますので、
まず、この、イソップ物語に出てくるカラス[20]をお見せしましょう。
それから、彼を裸でぴょんぴょん飛び跳ねさせます。要点に参ります[21]。
正にこの最近の三〇と八年のあいだ、このロメリオが
高貴な血を引いているということを、ナポリは
妄想して参りました。彼は自分自身を
貴族階級に位置づけ、恥知らずにも貴族たちの地位を
不法行使し、そして一種のずうずうしい高慢さで、
それは、キノコ[22]の如く、いつも牛馬糞の山から生える時に、
最も繁茂し、成長するのですが、フィエスキ家やグリマルディ家、ドリア家、
そして我が国を中心となって支えてきた柱であるすべての名家[23]を
支配しようとしたのです。
さて、彼の成れの果てをご覧下さい。名も無き、
この哀れなもの、ヨーロッパカヤクグリの巣で
卵からかえったカッコウを。
ロメリオ　あいつはこれをみな俺に言っているのか？
アリオストー　そう、君だけに対してだ。

ロメリオ　あんたには聞いていない。頼むからペチャクチャしゃべるのはやめてくれ。
アリオストー　おや、全く構いませんよ、すぐに君は
私が望み得るかぎりの怒りで狂うでしょうからね。
コンティルーポー　この価値のない硬貨にどういう名称をつけましょうか？
彼には名前がなく、外観はといえば、五月祭の
巨大な木偶の坊人形で、中に入って動かしているのは、
運搬作業員以外の何者でもない。私は請け合いましょう、
彼は、生まれてこの方、ジプシーたちと一緒に旅をしてきたも
同然だと。私は彼を誰にでも一〇〇ゼッキーノ金貨[24]で

＊20　イソップ物語…カラス――孔雀が落とした羽を付けたカラスは、孔雀からは恥をかかされ、仲間のカラスたちからは村八分にされた。
＊21　クリスピアーノーには、忍耐の限界、といった様子を演技させる。それを見た反応としてこの台詞を言わせる。
＊22　キノコ――『白い悪魔』でも成り上がり者、にわか成金の表象として使われている。「もし紳士が充分な数いるのなら、肥しの山から生え出れば一番よく生長しただろう、あんなにたくさんの朝のキノコたちが、貴族になりたいと憧れるはずもないだろう」（'if gentlemen enough, so many earlie mushromes, whose best growth sprang from a dunghill, should not aspire to gentilitie', 3.3.41-3）。
＊23　名家――使われている固有名詞は、実際にはナポリのではなくジェノヴァの家名。

売りますよ、そして私から彼を買った人も、
その取引で損するでしょうね。

アリオストー　見るがよい、君の成れの果てを。
黄金や香料、もしくはコチニール[*25]以外の
物を取引することを軽蔑していた君、彼は今や君を、
塩をして干した小ダラほどの値打ちしかないと評価しているのだ。

ロメリオ　うせろ！
あんたは、あいつの側《がわ》に行ってくれ――

アリオストー　そう願うかね？

ロメリオ　あの弁護士が言葉に詰まった時に彼の記憶を一緒に
手助けするために、悪魔とあんたが、両側にいればいいんだ。

クリスピアーノ　シニョール・コンティルーポー、法廷は、君が
その人物に対してこの陳腐な熱弁をふるうことを止めて、
問題の部分に至ることが適切だと考えておる。

コンティルーポー　今、そう致します、裁判長。

クリスピアーノ　君らほどの厳粛な男たちがそれを慎むつもりがないのは、
貧弱で悪意のある雄弁であるということを示している、そして

おかしなことだ。まことに、想像するに、
もし君が、自分自身がしゃべっているのを私の耳で聞きさえしたならば、
君の言葉遣いはもっと慎ましくなるであろう。
コンティルーポー　良き裁判長殿、ご安心下さい。
あらゆる枝葉末節を省き、核心部分へと参ります。
このロメリオは、私生児[*26]なのです。
ロメリオ　どういうわけで、私生児だって？
ああ、母さん、今や形勢があなたの側で熱く
なり始めましたよ。
コンティルーポー　おや、彼女はあなたの告発人ですよ。

……………………………………………………

＊24　ゼッキーノ金貨――イングランド通貨で七シリングから九シリング六ペンスに相当した（*OED*）。
＊25　コチニール――コチニールカイガラムシを乾燥させたものから採る赤色色素。一六世紀初めにスペイン人がメキシコから持ち帰った。稀少で高価だったため探検家や商人たちが絶えず新たな採取地を求めていた。
＊26　私生児――これを明かされた舞台上の役者たちは、一様に驚愕の声を上げ、仰天した所作をすることで、この場の重要な転換点の最初であることが示せる。一六〇〇年から一六二四年までの期間は、非嫡出子を産んだ廉で有罪となり絞首刑や拘留が課された裁判が爆発的に増加していた。

ロメリオ　そのことを忘れていた。俺をこしらえた時に
　父親は、誰か別の女と
　結婚していたのか？
コンティルーポー　そういうことではありません。
ロメリオ　では、俺は自分の母親だったあなたのほうを向く、
　だが、あなたを今はどういう名前で呼ぶべきなのか、
　俺に教えてくれなければならない。あなたはかつて
　俺の父と結婚していたのか？
レオノーラ　　　　　　　恥ずかしいことですが、話します。けっして。
クリスピアーノー　フランシスコ・ロメリオとではないのか？
レオノーラ　裁判官の皆さまの御意に適いますように。確かに、
　その人と結婚しておりました。ですが、彼はロメリオの父親ではなかったのです。
コンティルーポー　良き裁判長殿、私どもに少ない言葉で
　その謎を説明し、そして僅かの疑念も節操もなくそれを明瞭にするための
　お許しをいただきとうございます。と申しますのも、世の中に
　母親の誓言にまして、より法的な証拠は有り得ないと
　私は考えるからであります。

クリスピアーノー　では、よろしい、証拠を出しなさい、簡潔にな。
コンティルーポー　一言で結論を申します。
およそ三〇と九年前、この女が
結婚していた時でありますが、この紳士の推定上の父親、
そして彼女の夫であるフランシスコ・ロメリオは、
結婚してまだ二週間も経たない頃、
どうしても旅に出る必要があり、実際にそうしたのです。そして、
フランス、ネーデルランドと一一ヵ月のあいだ、旅を続けました。
その時期について特別な注意を払っていただくよう、裁判長には懇願致します。
この件に重要だからでございます。実は、ご婦人の告白によりますと、
ロメリオが不在の時に家に寄留するために、
立派でこぎれいな若者であるスペイン人の紳士を
後に残して行きました。そして、確実なことですが、
その紳士は、如何なる宦官でもありませんでしたし、ロメリオが
とても深く愛した男だったのです。しばしば起こることですが、
生きている男の中で、夫を寝取られ男にする男ほど
夫に歓迎される男はいないものです。

この紳士こそが、申し上げますが、
歓待のすべての決まりを破り、
彼の友の妻を身ごもらせ、夫が戻った時には
妊娠、まるまる二ヵ月だったというわけです。
サニトネッラ　［コンティルーポーに傍白］賢い先生、子羊の毛皮を忘れないで下さいよ。
コンティルーポー　［サニトネッラに傍白］請け合うよ。
サニトネッラ　［コンティルーポーに傍白］思い出すように、お尻をつねりましょう。
コンティルーポー　［サニトネッラに傍白］頼むからゴチャゴチャ言わないでくれ。
［大声で］次はどんな策略がめぐらされるはずですかな、裁判長？　まあ、こうです。
ロメリオは、若い初心者ですから、この先行する物事には
精通しておらず、全く無邪気に
旅から帰宅すると、彼の妻が
たいそういい主婦になったものだと思う。と申しますのも、お付きの女たちに
亜麻の繊維を紡がせ[*27]、その使用目的のために、
石で建てられた私室の中に
少なくとも一〇〇ポンドの重さ分の亜麻布を貯蔵していたのですから。
本当に、亜麻から紡がれ得るようなそんな陰謀の糸で、

似たようなものは一度も耳にしたことがないと私は思います。

クリスピアーノー　何だったのだ、それは？

コンティルーポー　彼女は機を逸せず、自分の夫が腹を大きくさせたのだと誇らしげに言ったのだろうときっと思われるでしょう。要するに、七ヵ月の終わりに、それが彼女の出産の時期ですが、自分が産気づいたと感じた時に、彼女は、女中に、偶然かのように、例の亜麻布に火を点けさせました。その恐怖のせいで、そういう振りを彼女らはしたのですが、このご婦人の陣痛が始まり、かくして計算より八週間前に出産したというわけです。

＊27　主婦…紡がせ——原文の英語、Huswife は、*OED* によれば、housewife（主婦）と hussif（あばずれ女）の両義があり、普通の家事を描いているのと同時に売春宿を経営しているようにも描かれている。その場合の spin（紡ぐ）は性交をする意の俗語である。

サニトネッラ　［コンティルーポーに傍白］今です、先生、子羊の毛皮を思い出して。[28]
コンティルーポー　産婆がすぐに、赤ん坊の命は期待できないだろうと
喚きながら言い、卵から孵《かえ》るのが早すぎたヒナのように、
剝《は》いだ子羊の毛皮で赤ん坊をくるみ、顔の四分の三を歪めたり
化粧したりで誤魔化して、そのせいで赤ん坊は
取替え子[29]のように見えたのですが、ロメリオに叫ぶ、罪の贖いを受けるために
生まれて来たのにそれを受けないまま逝ってしまうことがないように
洗礼を受けさせろ、と。そして、コチコチのピューリタン
ではなくても、自分自身が教父になっても構わない
その子どもたちのためにわざわざ教父[30]を見つける労を取る
多くの人たちがこんなふうに仕打ちを与えられているのです。
クリスピアーノー　　　　　　　　　　　　もういい。
アリオストー　どうか、裁判長、彼に続けさせてやって下さい。でないと彼の雄弁さが台無しにな
る。自分たちの妹のあそこを開陳するために弁護報酬をもらっても、このように彼らは冗談を言う
でしょう。
クリスピアーノー　君は充分熱心に陳述した。
最初に、夫は彼女から一一ヵ月間離れていた、と

主張するのだな?
コンティルーポー　そうです、裁判長。
クリスピアーノー　そして、夫が帰ってきた後、七ヵ月の終わりに彼女はこの息子ロメリオを出産した、そして彼女は、臨月を迎えていた、と?
コンティルーポー　事実です、裁判長。
クリスピアーノー　では、この説明によると、この紳士は、彼の推定上の父親が不在の時に、もうけられたことになる。
コンティルーポー　全くそのとおりです。

＊28　ここでサニトネッラには、約束どおり、コンティルーポーのお尻をつねらせてもよい。
＊29　取替え子――さらった美しい子の代わりに妖精たちが残す醜い子、低能の子。実際は、自分の子どもが形態上の異常をもった状態や未発達児で生まれてきた場合に、両親の社会的立場を弁明するために機能した民間伝承。
＊30　教父――聖公会では、代父とも。キリスト教の洗礼に立ち会い、のち受洗者の信仰生活の手助けをする男性。英国国教会では、実の父親が教父になることを禁じていたが、ピューリタンたちは、親こそが教父となり実子の宗教的訓練の責任をもつべきだとした。ここでは、本当は自分の子ではないのだから、わざわざ他の教父を見つけるのではなく自分自身が教父になれたのに、という皮肉。

クリスピアーノー　全くもって奇妙な訴訟だ、これは。過去にも現在にも
判例などない。女が自分自身の不貞を、
疑念を抱かれることもなかったのに、
自発的に、罪が犯されてほぼ四〇年後に [250]
公表するとは。そして、彼女の弁護士が、
わしの人生ではいつも彼らが罪のある女を弁護する時に大げさに演説するのを
聞いてきたが、それと同じくらいの大げさな演説でもって
その罪のほうをば、詳しく述べるとは。全く奇妙だ、
でないなら、何故そんなに毒のある激しさで彼女は自分の
息子の破滅を達成すべく骨を折るのか。生きとし生けるものが
自然の理法に恭順するということが、全世界の支柱であると
我々は気付いておる。ここではその理法が破られているのだ。
と言うのも、我々の市民法では、庶出の者たちと
嫡出の者たちとを区別するけれども、憐れみ深い自然は、 [260]
その両者を平等にする、いや、多くの場合両者を昇進させるからだ。
［ロメリオに］どうか私に確信をもたせてくれ、君と君の母親は、
最近、一緒に何か訴訟しなかったか？

ロメリオ　一つもありません、裁判長。
クリスピアーノー　ない？　所有物を分けることに関しての争いとかもないのか？
ロメリオ　何もありません。
クリスピアーノー　不和も不親切も？
ロメリオ　認識し得る範囲では一度もありません。
クリスピアーノー　思い出してみろ、これは深刻に女の悪意がなす特徴以外に考えようがない。全く悪魔的な陰謀に君が嵌められたのではないか、と私は、懸念しているのだ。
［レオノーラに］ご婦人よ、どうしてこのことをもっと早く明かさないことになったのかな？
レオノーラ　夫が生きているあいだは、裁判長、そんな勇気はありませんでした。
クリスピアーノー　むしろ私はあなたに問うべきだな、何故それを今、明かすのか？　と。
レオノーラ　なぜなら、裁判長、そのような罪が墓の中に葬り去られて、私と一緒に横たわっているということを嫌悪したからです。私の悔い改めが、世の中の評判よりも、恥辱ではありますが、それを明かすことのほうを選んだのです。
クリスピアーノー　悔い改め、とな？
たとえこのような人の集まりを法廷にけっして召喚しなかったとしても、

あなたの悔い改めは、同じように心からのものではなかったのだろうか？

レオノーラ　確かに、そのことを聖職者に内密に告白することもできたかもしれません、それは認めます。でも、償い[*31]がなければ、悔い改めは何にもならないということをあなたはご存じです。

クリスピアーノー　償い、とな？　いや、あなたの夫は死んでいるのだから、何の償いをあなたは夫にできるのだ？

レオノーラ　この世で最も大きな償いは、裁判長、夫の土地を正当な相続者に返還すること、そしてそれは、私の娘です。

クリスピアーノー　ああ、では彼女は正しく生じさせられたのだな？

アリオストー　全く申し分ない、もし彼が庶子であり、それ故に彼の土地を没収されねばならないならば、彼女は自分がふしだらな女であるということを証明したので、寡婦産を失わねばならない。

二人して一緒に物乞いに行かせるがよい。それが、この名誉ある法廷の御意であらんことを。

サニトネッラ　じゃあ、誰が私らに報酬を払ってくれるんです[*32]？

クリスピアーノー　至極正当だ。

アリオストー　何と古い家を今にも自分の頭の上に引き倒そう[*33]となさっておられるか、もうおわかりですな、奥さん。

ロメリオ　もしこの公表を、心からの悔い改めから生じたものだと考えることができるなら、もっと辛抱強く自分の破滅を耐えることができたでしょう。しかし、裁判長、あなたがたった今、述べられたように、この彼女の訴訟は、悪魔的な悪意から生じているということ以外に私を納得させる理由がありません。そして、良心と信仰心が深く悲しんでいるという彼女の虚偽の申し立ては、イングランドの恐ろしい火薬陰謀事件[*34]のように、最も血生臭い不自然な復讐心をその背後に

＊31　償い――悔い改めには三段階、痛悔（contrition）、告白（confession）、償い（satisfaction）があるとするのは、この過程に聖職者が介在するカトリックの教義であり、プロテスタント信者には嘲笑されていた。後者の悔い改めは、人はキリストと聖書によって義とされ、救われるという、神とその約束とに対する信頼としての信仰を重んじた。
＊32　次のクリスピアーノーの台詞は、アリオストーの言葉への返答だから、これは、観客への、もしくは同じ原告側のコンティルーポーへの台詞である。
＊33　古い家を…――「自分の頭の上に古い家を引き倒す」というのは、軽率、無分別に行動する意の格言的表現（Tilley, H 756）。

隠しもっています。ああ、女たちの狂暴さといったら！
いやはや、あいつらは、ありとあらゆる化け物と
有毒の鉱物と魔術のために生えた草々を
混ぜ合わせ、合成した生き物だ。
アリオストー　もう怒ったかね？
ロメリオ　悪い女を描きたかったら、
自然界にある他の物に喩えるのは断念させて、
女同士を比べさせるしかない。やつらは大嵐の中の
破滅的な火事のように、慈悲というものが少しもない[*35]。
アリオストー　声を張り上げすぎて、つぶさないように注意なさいよ。
ロメリオ　冷酷な生き物だ、死体を経帷子で巻くこと以外に
何の役にも立たない。
アリオストー　そうだ、長いあいだ埋葬されていた夫の骨を糸巻に使って、縫い目を隠すレースを編
み、もつれたらその骨を呪って悪態をつく以外にはな。
ロメリオ　しかしそれでも、どうして俺は、
庶子であることを嫌なものと受け取らねばならないのか、世の中では、
偉大さに必須の部分である多くの物事は、

私生児のような、些細な過ちにすぎず、間違った関係者が
父親とされるものだ、
世の中の昇進とは、多くの場合、
庶子のように卑しく生まれるのではないのか？　いや、俺は、
このような法廷で、誰を父親と呼ぶべきか、同情を得るためには
その訴え自体をどちらの方向に向けるべきか、わからなかった
哀れな男の訴訟理由の中に穢れのない正義を
見たことがある。だが俺は、あの弁護士の口を塞ぎたいがためだけに、
冷静さを失っているのだ。
私は、法廷に、そして世の人々すべてに懇願する、
一人の母親の悪徳ゆえに、それで私のことをより一層卑しいものと

＊34　火薬陰謀事件——英国のカトリック教徒が一六〇五年に議会を爆破してジェームズ一世と議員を殺害しようとしたとされる事件。首謀者の一人トマス・パーシー（Thomas Percy, 1560-1605）は、カトリック教徒に対しての寛容政策が約束されたにもかかわらず自分を騙したジェームズ一世に個人的な恨みをもっていたと言われている。
＊35　ロメリオの激高ぶりは、言葉だけではなく演技にも反映される必要がある。

思わないでいただきたい。と言うのも、あなた方みなが敢えて誓う
あの女の罪に、それが犯された時、
私は同意を与えるつもりはなかったからだ。
クリスピアーノー　待て、ここで起訴はなされたが、
何の証拠も提出されてはおらぬ。［コンティルーポーに］君が姦淫の罪で
起訴しているスペイン人の名は何だったかな？
コンティルーポー　ドン・クリスピアーノーです、裁判長。
クリスピアーノー　スペインのどの地方で出生したのか？
コンティルーポー　　　　　　　　　　　カスティリャです。
ジュリオー　［傍白］これは、僕の父のことなのかもしれない。
サニトネッラ　［傍白］もし私の雇い主なら、その時は私の依頼主は一巻の終わりだな。
クリスピアーノー　私はそのスペイン人をよく知っていた。*36 もしも君が庶子ならば、
そのような男が君の父親なのだから、君は家柄の良い男性だと恐れずに
断言しよう。その点において、シニョール・コンティルーポー、
君の演説は少し行きすぎたな。
我々は、皇帝の息子であるオーストリアのドン・ジョン*37の
名前を呼ぶ時には、いつも敬意をもって呼ぶ、そうでない時があるか？

それに私は、様々な家系の中で、庶子こそが
より偉大な精神*38をもっているのを知っている。だが、論点に行こう、
この紳士が生まされたのはいつだったのか？
確実に、正しくその時を指定したまえ。

アリオストー　さあ、金属が試金石で試されるぞ。

コンティルーポー　一五七一年でございます、裁判長。

クリスピアーノー　よろしい、七一年、その年にレパントの戦いが行われた、注目に値する年じゃ。

---

*36　自分の事だとわかっての、この冗談は観客と共有される。

*37　ドン・ジョン――神聖ローマ皇帝カール五世の庶子、遺言補足書で認知され、一五五九年、スペイン王フェリペ二世の時に正式に承認された。

*38　偉大な精神――庶子は通常、合法的な子どもが生まれる時よりも、両親の精神がはるかに甘美に合体し、意思の一致もより合致したものなので、愛の熱量と活力において優っているため頭が良く、きびきびとした判断力をもった子どもになるという考え方があった。シェイクスピア作『リア王』の中ではエドマンドが、「単調で新鮮さを失ったベッドの中で、／眠りと起床とのあいだでできる、／馬鹿者たちの全部族を作りに行くよりも、／［庶子は］生理的欲求の人目を忍ぶ肉欲の中で、／もっとよく合成され、もっと激しい特性を得る」（‘［The bastard］in the lusty stealth of nature take / More composition and fierce quality / Than doth within a dull stale tired bed / Go to the creating of a whole tribe of fops / Got ’tween a sleep and wake’, 1.2.11-15）と言っている。

その年は、誰かを喜ばせるために嘘はつかないだろう。では、この肉体的取引について、その母親の証言以上の証拠は何かあるか？

クリスピアーノー　同じ時に彼女に仕えていた侍女の宣誓供述書が。

コンティルーポー　その女は何処におる？

クリスピアーノー　その女中と一緒にいる我々の事務弁護士は何処だ？

コンティルーポー　弁護士カバンとあばずれ女のお荷物のために場所を開けろ。

アリオストー　ここに、裁判長、口頭ニヨル供述を致しますため。

サニトネッラ　さて、ご婦人、何を言うことができますかな？

クリスピアーノー　どうかお聞き下さい、裁判長殿、私が、その取引を扱い、両者を引き合わせた当事者でございました。

ウィニフリッド　ふむ。

クリスピアーノー　そして二人のあいだで手紙を運びました。

ウィニフリッド　男は女の家に寄留しておったというのに、なぜ手紙が必要なのだ？

クリスピアーノー　時々、奥さまのヴァイオルに合わせて軽やかなバラッドを。その男性は、もてあそばないと[*39]いつも調子が悪かったものですから。

ウィニフリッド　当を得て話しなさい、二人が今までにベッドを共にしているのを知っていたかね？

クリスピアーノー

ウィニフリッド　いいえ、裁判長、でもその人をベッドの傍らまでは連れて行きました。
クリスピアーノー　それは幾分、事に近いな。それで、何だ、彼が靴を脱ぐのを手伝ったのか？
ウィニフリッド　靴は履いておりませんでした、もし御意に適いますれば、裁判長。
クリスピアーノー　履いてない？　じゃあ、何だ、室内履きか？
ウィニフリッド　それでもありません。
クリスピアーノー　ブーツは彼の道程に合わぬしな。
ウィニフリッド　テニスコート用の羊毛製スリッパを履いていました。床がきしんで音を立てて、家の中の他の人たちを起こしてしまうのを恐れたためです。
クリスピアーノー　よし、それで彼は、テニスコート用の羊毛製スリッパを履いて、そこで何をしたのだ？
ウィニフリッド　どうか、裁判長殿、ラテン語で[*40]質問して下さい、訴訟理由がとても下品なので。裁判所の証人尋問官は、執務室にいた若者たちの害にならないように、喜んで会計室で私を一人にし

*39　もてあそばないと――「もてあそぶ」の英語は、fiddle で「ヴァイオリン［フィドル］で弾く」という意味と「性的に女性と遊ぶ」という意味の両義がある。弦楽器ヴァイオリンにも性的意味があって、これはもともとヴィオラ・ダ・ガンバが、股のあいだに挟んで演奏される楽器だったかららしい。

て調書を取ってくれました。

アリオストー　ほら、ラッテン製のスプーン、[*41] しかも悪魔と一緒に食べるのに使う長いやつだぞ。

ウィニフリッド　その方面[*42]で無知だったら嫌でしょうね、だって、私は事務弁護士と結婚して、法廷が開いたとき[*43]に彼と街に出て楽しみを味わいたいと願っているのですから。

アリオストー　重要な事柄にもっと近づきなさいよ。

ウィニフリッド　慎ましさというものが私に許しを与えてくれる限りできるだけ近づきますわ。本当のところは、毎朝、彼が奥さまと寝ていた時、私は奥さまの指示で彼のためにコードルを作りました。でも彼はいつもそれを断り、ちょっとした飲み物をくれって言うのが常でした。

クリスピアーノー　ちょっとした飲み物とな?

アリオストー　ほてりを冷ますジュレップ[*44]をくれ、と。

ウィニフリッド　そして、驚くほど喉が渇く、と言ったんです。

クリスピアーノー　これが論点と何の関係があるのだ?

ウィニフリッド　とても当を得ています、裁判長。私は二人が一緒に大笑いをしているのを、そしてベッドの天蓋からカーテンをつるしている細い棒が落ちる音を聞いたことがあります。それに彼は奥さまのところから出てきた時は、いつも私の手の中にお金を押し込みました。そして昔本当に、彼は私とある取引[*45]をしたいと望んでいました。それで、私に秘密をもっとしっかり守らせるためには、それが世の中で唯一の方法だと彼が考えているのだなと私は思ったのです。

＊40　ラテン語で——当時の侍女の身分がラテン語を修得しているのは、驚くに値する。『白い悪魔』の裁判シーンを思い出せる観客には、ラテン語で訴える弁護士に対して無学な聴衆にも理解できるように「普通の言葉」（'his usuall tongue', 3.2.14）で話すように要求したヴィットリアの台詞の真逆として、冗談と受け取れただろう。

＊41　スプーン——「悪魔と食事する者は長いスプーンを持っていなければならない」という格言があった（Tilley, S771）。ラッテン（latten）は真鍮に似た合金、昔この薄板で教会の調度品が作られた。ラテンとの地口でよく知られたものに、シェイクスピアの古典語の教養のなさを嘲って、「ラテン語はわずかしか知らないし、ギリシア語はもっと知らない」（'small Latin and less Greek'）と言ったベン・ジョンソンに、彼の子の教父となった時にシェイクスピアが何を贈ろうか悩んだ後で、次のように言ったという伝説がある。「実に、ベン、僕は君の息子に一ダースの立派なラッテン製のスプーンをぜひあげようと思うんだ、そしたら、君にそれを翻訳してもらえるだろ」（'I'faith Ben: I'le e'en give him a douzen good Lattin Spoones, and thou shalt translate them'）。

＊42　その方面——ラテン語の知識で、という意味と性行為の知識で、という両義で採れる。前のアリオストーの台詞が聞こえていた前提で考えると、悪魔と食事する知識、人を騙す知識で、とも受け取れる。

＊43　法廷が開いたとき——原文の英語は、Commencements で、もし「［ケンブリッジ大学の］学位授与式」の意なら、ウィニフリッドは、Proctor を法廷での職名「事務弁護士」と大学での職名の「学生監」と混同しているおかしさがあるのかもしれない。

＊44　コードル…ジュレップ——前者は、パンやかゆに卵、砂糖、香料、ワイン、またはビールを入れた温かい滋養飲料、産婦、病人用。後者は調合甘味飲料だが、アリオストーは、性行為が終わった後の飲み物という意味で使っている。

＊45　取引——性的ニュアンスをもっていることは言うまでもない。

サニトネッラ　［ウィニフリッドに傍白］そりゃあ痛烈な突きだな。いい女中だ、ひるむな。

クリスピアーノー　ベッドに二人が載ってできた跡を見つけたことはあったかね？

ウィニフリッド　何という尋問をなさることやら。これが裁判長の御意に適いますように。彼は奥さまの、それよりももっと近くに寝ていたと思われますですよ。

クリスピアーノー　君は何歳かな、ご婦人？

ウィニフリッド　ほぼ、四〇と六歳です、裁判長。

クリスピアーノー　一五七一年、そしてロメリオは三八歳。その計算でいくと、君は八歳で取り持ち役だったことになる。さて、まことに君は人生早くからその仕事に就いたのだな。

サニトネッラ　［傍白］ほら、道を逸れてるぞ。

ウィニフリッド　直接、自分の歳を知っているわけではないのです。確かに、歳は取ってますが、大寒波が来たのを二度、疫病の大流行が三度、そしてイングランドがカレーを失ったことや大きな股袋の付いたズボンが最初にイケる流行[*46]になったことを覚えています。それで、ねえ、私は何歳だと思われますか？

サニトネッラ　［傍白］うまく逃げてるぞ、また。

アリオストー　追われる老いぼれの野ウサギだ、逆走、言い逃れ何でもござれ。

ロメリオ　あなた方自身の威厳と
法廷への畏敬ゆえに、私は懇願致します、

訴訟理由をこれ以上暴き立てるのは止めて、判決へとお進み下さい。

クリスピアーノー　審問をもう一つだけ、それで終わりだ。

ひょっとして、このスペイン人、このクリスピアーノーは、
君の女主人といつか別の折に寝ただろうか、
彼女の夫が不在であった時より前か後で？

レオノーラ　一度もありません。

クリスピアーノー　それは確かかね？

レオノーラ　私の魂にかけて、けっして。

クリスピアーノー　よろしい、その男は、一五七一年以外には
一度も彼女と寝なかった。それを記憶しておこう。

［ウィニフリッドに傍白］しばらく少し離れて立っていてくれ。［レオノーラに］奥さん、実はな、

＊46　大寒波……――テムズ川が凍った二度の大寒波は、おそらく一五六四年と一六〇七―〇八年、三度の疫病の大流行は、一五六三年、一五九二―九四年、一六〇三年、フランスのカレーをイギリスが失ったのは一五五八年一月七日、大きな股袋は一五二〇年頃表れて一五七〇年には既に流行遅れになり一六〇〇年には姿を消している。ウィニフリッドは、年齢を誤魔化すあまり一〇〇歳以上になってしまっている。

私はこのクリスピアーノーと知り合いで、同じ時にナポリに住んでいたんじゃ。そして腹心の友としてその紳士を愛しておった。それで、私はよく覚えているのじゃが、その紳士は彼の肖像画をあなたに残して行きましたな、もし歳や無頓着がこんなに長い時間の中でそれを損なってしまっていなければ。

レオノーラ　まだ取ってあります、裁判長。

クリスピアーノー　どうか、それを見せていただきたい。その頃、じっと見つめるのが大好きだったその顔を見せてほしい。

レオノーラ　取って来て。

ウィニフリッド　承知致しました、裁判長。

クリスピアーノー　いえいえ、ご婦人、あなたには別の仕事がありますぞ。

［その肖像画を取りに役人が一人退場。］

外科医その1　［コンタリーノーに傍白］今こそロメリオの喉を掻き切り、あなたを殺した罪で責めるべき時です。

コンタリーノー　［外科医たちに傍白］絶対にしない。

外科医その2　［コンタリーノーに傍白］あいつは、もうぐうの音も出なくなりかかってますから、やっつけちまって、私らは、流行りの、まさかの時には裏切る類いの人間にさせてもらえないんですかね？

コンタリーノー　［外科医たちに傍白］　静かに、どうなるか見ていよう。

クリスピアーノー　あなたを称賛致しますよ、奥さま、

良心という最も重要な事柄がありましたな。

姦通から何と多くの悪が生まれ出ることか！

まず、犯される至高の法、

庶子をつくることによってしばしば汚される高貴な生まれ、

偽って所有される土地の相続権、

軽蔑される夫、辱められた妻、そして洗礼を受けられない赤子たち。

絵［を持って役人が登場。］

では、法廷内にそれを掛けてくれ。[*47] 君たちは、ロメリオに対して

何が強く主張されてきたか聞いてきた。

＊47　三幕三場でレオノーラに命じられて掛けられた同じ場所に掛けられて、今度はクリスピアーノーと並べて観客が比べてみることができるように配置する。

さて、この訴訟における私の最終的な判決は、
私は一切の判決を下さない、という判決である。[48]
アリオストー　ない？
クリスピアーノー　そうだ、できないのだ、共犯者にされているからな。
サニトネッラ　［傍白］どうして、共犯者だって？[49]　これは人を欺く見事なまやかしだ。さあ、一体
全体どうするのだろう？
クリスピアーノー　シニョール・アリオストー、スペイン国王陛下が、
私はこの危急の時まで君たちに知らせないでいたのだが、
この特許状によって私の地位を
君にお授けになられる。[50]　［アリオストーに特許状を渡しながら］
成功を願いますぞ、高潔の士よ、
我々の立場にある僅かな者たちだけが為すところの事を行い、
自らの墓に呪われずに入ることができますように。
アリオストー　［クリスピアーノーの席に上りながら］この法律業務のせいで、
私には、ほんの少ししか神に仕える余裕がなくなるだろうから、
国王に仕えるのはもっとむずかしいということに必ずなろう。
サニトネッラ　［傍白］彼が裁判長なのか？　では、良心[51]だけを期待して、

法律を期待してならんぞ。彼はあらゆる追従者を無力にするからな。
クリスピアーノー　［ロメリオに］君、私が君の弁護士だ。係争中の訴訟理由は君が言葉をしゃべることができる前の、そのような時に始まったので、それ故に君の代弁をする人間が必要だろう。
アリオストー　待たれよ、私はまずここで言明しておく、私は、このロメリオから彼の弁護人であるという理由で、一度も報酬を受け取ってはいない、そのことが私を今や彼を裁く立場にあって、賄賂を受け取っているという

*48　立ち上がる等の判決を述べる際の形式、さらに台詞に溜を作るなどして緊張感を出す演技をする。
*49　ここでサニトネッラが本当に驚くためには、裁判長が自分の上司であるクリスピアーノーだとは気付かなかったという想定が必要。
*50　演出としては、裁判長席を降りながら、アリオストーに裁判官用のローブ、鬘などを譲ることもできる。
*51　良心――大法院や星室裁判所を含む衡平法裁判所は一般に良心の裁判所と言われていた。衡平法（equity）は、良心の命令や正義の原則に基づいてコモンロー（common law）の欠点、限界、非融通性を補充、矯正するための法。大法官（Lord Chancellor）の判断基準によって大きく判決が変わる可能性や、星室裁判所が評されたように専断と厳罰の可能性もあることで非難される側面もあった。ここでは、クリスピアーノーがコモンローを体現し、アリオストーが衡平法を体現する人物であることが示唆されている。

非難から放免するであろう。さあ、意見を述べなさい。
クリスピアーノー　最初に、ここにおられる方々すべての眼が、
これを見据えられるよう懇願致します。

［絵を指し示し、自らの変装を解く。］

レオノーラ　［傍白］ああ、驚きだわ、これはクリスピアーノー。
ジュリオー　［傍白］こりゃあ父さんだ。何と裁判官たちは弁護士の目を欺いていたのか！
ウィニフリッド　［傍白］悪魔の仕業にもかかわらず、真理が明らかになるのを見るかも。
クリスピアーノー　見よ、私はこの影法師の影じゃ、
歳を取ったからのう。四〇年の歳月を引き算すれば、
私はこういうふうな夏の果実じゃった。
少なくとも画家はそういうふうに描いたじゃろう。と言うのも確かに、
絵と墓碑銘は、両方とも同じ様じゃ、
我々を実物以上によく見せる、そして我々はこんなじゃったと言う。
しかし、私はここで、一五七一年にこの女と犯した
姦淫の罪で告訴されて立っている

共犯者じゃ。さて、裁判長、私はあなたに証していただくように申します、その時点から四年前に、私はインド諸島へ渡り、それ以来今月まで、一度もヨーロッパの国々へ私の足を踏み入れませんでした。そしてそれ以前の淫乱な行為に関しては、如何なるものも決してなかったと彼女は誓いました。ですから、未解決のままなのは、これが、彼女の息子に対する単なる陰謀であるということだけです。そのことが精査され、最も厳しく罰せられますよう、私は法廷に嘆願するものであります。

サニトネッラ　［傍白］こん畜生、ぶち壊しだ。なんと、私の依頼主は、貞節な[*52]女性ということがわかっちまった。

ウィニフリッド　［サニトネッラに傍白］これから私はどうなると思いますか？

サニトネッラ　［ウィニフリッドに傍白］荷馬車の尻んところで鞭打たれて涙の踊り[*53]を踊らされるだろ

＊52　貞節な――原文の英語は、honest だから「法を守る」「正直な」という意味でも表面上の価値観が転倒しているること、レオノーラの不貞は、不正直な主張で、それがばれて貞節に、正直に戻ったことが罪であることへのおかしさである。

うってのを危ぶむね。

アリオストー　あんた、女将《おかみ》さん、今度は、あんたの立場はどうなるんだ？　あんたの言ってたテニスコート用のスリッパとか、ほてった肝臓[*54]を冷ますのにあんたが毎朝持って行ったっていう飲み物は？　あんたが秘密をもっとしっかり守るために、ある取引をしただろうっていう、その男はどうなるんだ？

ウィニフリッド　法廷の御意にかないますように。私は青二才の未熟者で、この厄介な事にお尻を向けたまま引っ張り込まれてしまったのです。

アリオストー　どうやったら青二才なんだ！　四五歳でか？

ウィニフリッド　四五歳ですって！　もし御意に適いますなら、二〇と五歳でもありませんですのよ。でも、実際よりも歳をとって見えるように、奥さまが豆粉で私の髪を染めさせたのです。それから砂糖菓子を食べて、私の歯もぼろぼろ。いやはや、馬医者[*55]が私の口の中を診たら、私の歳を間違うかもしれない。ああ、奥さま、奥さま、あなたは貞節な女性だ、だから恥を知るべきです、こんなふうに法廷を騙すなんて。

レオノーラ　私自身の名誉や私の息子である、あの紳士の
評判を貶めるために何であれ
私が企てたこと、その原因は、
コンタリーノー卿でした。[*56]

コンタリーノー　［傍白］誰、私が？
アリオストー　あなたの娘と結婚するはずだった男か？
では、おそらくそれはその男の妻になるはずだった娘に
その土地を与えるための策略だったのだな。
レオノーラ　私が既に述べましたことそれ以上のことは、世の人々皆でも
私から無理やり引き出すことは決してできないでしょう。お二人からは
等しくお許しを嘆願致します。
ジュリオー　［クリスピアーノーに］私もあなたからのお許しを、お父さん。
クリスピアーノー　こらっ、脇に立ってろ。
この後、おまえに話がある。

＊53　涙の踊り――鞭打ち刑のことであるが、もともとは、ジョン・ダウランド（John Dowland, 1563?-1626）の舞踏曲『ラクリマイ――七つの情熱的なパヴァーヌで表現された七つの涙』（*Lachrimae or Seaven Teares Figured in Seaven Passionate Pavans*, 1604）への言及。

＊54　肝臓――感情の座と考えられていた。「ほてった肝臓」は、制御できない性欲を表す。

＊55　馬医者――馬の歳を知る最も確実な方法は、馬の口の中を診ることだと言われていた。

＊56　レオノーラがコンタリーノーに恋愛感情を抱いていることは法廷にいる人々には明らかになっていない。

ジュリオー　［傍白］最終決算には絶対耐えられないな。
レオノーラ　さて、裁判官の皆さま、私は、全く自発的に
自らを、この法廷が課すことができるよりも
もっと厳重な監獄の中に、もっと厳しい罰の中に閉じ込めます。
つまり、修道院に入ります。
コンタリーノー　［傍白］私がこの計略の原因だって！　神に従わないこの女は、
自らを虚偽へと売り渡してしまった。今、私は正体を
明かそう。
エルコール　［正体を明かし、アリオストーに］お待ち下さい、裁判長。ここに、
法廷にさらなる光を入れる窓がございます。
コンタリーノー　［傍白］おや！　ああ、君が生きていたとは、
実にありがたい！
外科医その1　［コンタリーノーに傍白］お待ちになって、いましばらく殻から出ないで下さい！
エルコール　私は、エルコールだ。
アリオストー　警備員、コンタリーノー殺害の罪でそいつを取り押さえろ。[*57]
エルコール　法廷が私を逮捕するのには従う。
ロメリオ　ああ、エルコールさん、生き返って、そして俺たち、あなたの友人たちの

ところへ戻って来て下さったとは、めでたいことだ。
エルコール　去れ、おまえは裏切り者だ。
私はおまえを告発するために生きているだけだ。この、先の訴訟は
おまえの評判に触れただけだが、今度の起訴は
おまえの評判と命に効力を及ぼすぞ。勇敢なコンタリーノーは、
一般には、この私の手によって殺されたと推定されている。
コンタリーノー　［傍白］生きているということをあいつはどうして知っているのだ？
エルコール　しかし、真実は、こうです。
私から、死に至らしめるようなものではない、
ある程度の傷を負ったが、この下劣な人殺しが、
遺書によって、彼の妹の受益となるように
その貴族の財産を管理する執行者として委任されたので、
彼が生き返って、その遺書を破棄することがないことを

＊57　以降、この場でのエルコールの重要性を考えると、逮捕の指示だけで、実際には身柄の拘束はなくてもよい。その場合は警備員の配役も不要。この台詞の後、おそらくエルコールは自分の剣を差し出す。

確実にするために、ベッドに寝ている彼に忍び寄り、彼を殺した。
ロメリオ　馬鹿な、聞いたこともない、更なる策略だ！
アリオストー　これには、何の証拠があるか？
エルコール　コンタリーノーの死を聞いて取り乱していた、
ロメリオの母親から私に伝えられた報告です。
コンタリーノー　［傍白］私の死を聞いて？　わかり始めたぞ、
私に対する愛の激しさゆえに、この女は、自分の息子から
相続権を奪う策略を企んだのかもしれないということが。
アリオストー　これに対して何と言うか、レオノーラ？
レオノーラ　そのようなことを、気が動転していましたから、確かに口にしました。
しかし、その報告を法廷がどのように判断なさるかは、
法廷の見識にお任せ致します。
アリオストー　　　　　私の意見は、
息子に対して熱心に主張された先のこの口頭誹毀《ひき》は、
彼女からあらゆる種類の信用を奪ってしまったということだ。
生活の糧を彼から奪うためにじっとしておれないあの女は、
同様に彼の命を大切に思うことなどほとんどないだろう。

レオノーラ　私自身と私の侍女に誓いました、
自らの悔悛の場所へ私自身を退かせていただきますよう、
法廷に嘆願致します。

［レオノーラとウィニフリッド退場。］

アリオストー　好きな時に行くがよい。
［エルコールに］何が君を、このように
熱心に告発させる気にさせたのかな？
エルコール　私のコンタリーノーに対する愛です。
アリオストー　ああ、それは君たちが最後に会った時に非常に苦い果実を実らせたな。
エルコール　まことに。しかし、私は、彼を憎む最も大きな原因があった時に
彼を愛し始めたのです。私たちの血が
お互いを抱きあった時です。その時、私は、これほどの武勇が、
たった一本の細身の剣の運命の上に
賭されているとは、そしてそれが
トルコ人に対して使われないということを哀れに思ったのです。
アリオストー　お待ちなされ、賢明になっていただきたい、
あなた自身の証言以外他に何もないのです、
［ロメリオのほうを向きながら］君が彼を殺したことを証明するには、それゆえに、それを決するには、[*58]

決闘以外に方法はない。

コンタリーノー　そうです、裁判長、私は、全世界を敵にしても、この高貴な男性が真実を語っているとあえて断言致します。

アリオストー　あなたは、その決闘において加担者になられるおつもりかな。

ロメリオ　そうさせろ、二人とも相手になってやる、こいつらが一六人いてもな。

エルコール　失礼ですが、あなたを存じ上げない。

コンタリーノー　いや、忘れておられるだけですよ。あなたと私は共にマルタ島[59]の要塞の裂け目で汗をかいた。

エルコール　ああ、申し訳ない、あなたの国の勇敢な兵士たちのことは存じ上げています。

ジュリオー　［傍白］さあ、もし僕の父さんに、なにがしかの本物の気概があるなら、僕は父さんからいい評価を取り戻せるだろうな。［コンタリーノーに］聞いてるか？　毒づくんじゃないぞ、あんたは決まって嘘の、とっても汚い、臭い、腐った嘘の証言をする、って僕のほうが大胆に毒づいてやるんだからな。それに、もし弁護士たちがこれじゃあ足らないって考えるのなら、真っ赤っ赤っ赤な嘘つきめ、と責めてやる。真っ赤な嘘っていうより幾分かは酷い嘘[60]だろ。ここと フランス全土で、何度も何度も、マルセイユかバヨンヌからカレー[61]の砂浜まで、そしてそこで僕の剣をあんたに向かって抜いて、あんたの腎臓の尿砂の中で摺り磨いて新品みたくしてやる。

アリオストー　君、殺人罪で起訴された被告人と

……………………………………………………………………………

＊58　決する――いわゆる決闘審判（wager of battle）で、決闘の勝負は神の意志が決定するものだから、それによって有罪無罪を決しようという中世の司法制度が持ち出されている。ノルマンの征服と共に導入され、一八一九年に廃止されたが、一七世紀初頭にはほとんど用いられなくなった。人間の行う裁判の限界を示す、この決定方法が採られるのは、この裁判が「悪魔の訴訟」だからである。

＊59　マルタ島――一五六五年にマルタ島でトルコ軍が撃退されているが、そうするとコンタリーノー、エルコール共に歳を取りすぎていることになるので、のちのトルコ人とマルタ島騎士団とのあいだの紛争のどれかに他国から援軍に入った二人が参加したと考えられる。コンタリーノーは、デンマーク人の変装をしている。この劇を演じた劇団のパトロネス、ジェームズ一世の妃であるデンマークのアンは、一六一九年三月二日に死去しているので、デンマーク人の格好が王女への敬意の表現であるか否かは、その変装が笑いを取るために滑稽なものであるか否かに関わっている。

＊60　嘘――「嘘つきめ！」と罵ることは決闘前の定石。それを強調した言い方に英語では、lie in the throat（喉の中で嘘をつく）という表現があるのでジュリオーは、それをさらに強調して滑稽な言い方、lie in the stomach（胃の中で嘘をつく）と言った。

＊61　カレー――決闘を禁じていたイギリスの法を逃れて、最も近いフランスのカレーの海岸は、決闘の場所として格別人気が高かった。ジュリオーは、この海岸の砂利と剣を刺して達した腹の中の尿砂（gravell）を重ねて、それで自分の剣を綺麗に研いでやる、と言っている。胆石や腎臓結石は、当時も知られた病気で、その治療に小石を飲んでいた。

そしてその後援者の君は、
宮内司法官の管理に
引き渡されねばならん。そして法廷は、
明日、太陽が昇る前に、両者とも
戦いの場で準備を整えておくようにとの命令を与える。
ロメリオ　私の妹が修道院に入らないように
彼女に護衛を付けていただくよう、法廷にはぜひ
お願いしたい。あの子は金持ちです、裁判官殿、
だから、修道院のために彼女の全財産を得ようとする
修道士の説得は、
彼女に大きな影響を与えるかもしれない。
アリオストー　我々が、彼女のための命令を引き受けよう。
クリスピアーノー　おまえが子どもを孕ませた修道女もいるな、
彼女をどう処置するつもりかな?
ロメリオ　まるで俺がもう墓に埋められたかのように、あんた質問するなあ。
俺がエルコールの臆病な血でこの野火を
消しちまったら、教えてやるよ。

退場。

エルコール　今日、あなた方は、同様に残虐な審判という形で結末となる、極めて複雑な陰謀を裁かれた。それで我々は、国家の帳《とばり》の陰で暗くされた、この身分の高い人たちと彼らの回りくどい法的手続きによって、気付くのかもしれません、山は、尊大に高く膨らんだ、歪んだ丘であり、谷は、より低く、しばしば踏みつけられるけれど、より健全だと。

サニトネッラ　さてと、私の書いた書類は小包[*62]にして、彼らがまだ述べてないかもしれない判例としてフランスへ送るとしよう、だが、奇妙な訴訟に関して言えば、私たちは幾分、連中に近づいていてますな。

退場する。

第四幕終了

*62　小包――多量の書類を使って滑稽な所作で笑いを取れる個所。前のエルコールの台詞が脚韻を踏んだ格言的な二行連句で、通常なら厳粛に場の終わりを告げるところに、サニトネッラのこの台詞は喜劇的な後書の役割をしている。また、特定されていないが、フランスでも同時期に「奇妙な訴訟」があったことを窺わせる。

五幕一場[*1]

ジョレンタとお腹の大きくなったアンジョレッラ登場。[*2]

ジョレンタ　友よ、どうしてる？　うれしいわ、あなたと私、一緒に遊んだ仲だったわね。小さな子どもで、ちょっと前まですごく小さかったから、私、思うんだけど、私たち二人とも、まだ賢くなれないのよね。
アンジョレッラ　私のほうとしては、とても悲しい事実だわ。
ジョレンタ　なぜ、顔にベールを引く[*3]の？
アンジョレッラ　あなたが事実を信じるつもりがあるなら、やましい心にとって、尊敬する友達の目ほど恐ろしいものはないわ。
ジョレンタ　言って、友よ、あなた、妊娠してるの？

アンジョレッラ　あまりに確かすぎるわよね。
ジョレンタ　最初に子どもだってこと、どうして気付けるの？
　赤ちゃんが動いた時？
アンジョレッラ　どうして気付けるの、ですって？　友よ、
　あなたも同じ状況だと知らされてますけど。
ジョレンタ　ははは、そう言いふらされてるわね。
　でもエルコールが再び生き返ったから、私の大きなお腹は、
　縮んで、[*4]見えなくなっちゃったのよ。そう、本当に、
　私が妊娠しているというのは、ただそういうことになってるだけで、

＊1　この場は、アンジョレッラが属している女子修道院が舞台。
＊2　アンジョレッラの、禁欲主義的な聖クレア修道会の灰色もしくは茶色の尼僧服と黒いベールを身に着けて妊娠した姿は、視覚的な矛盾同着であり、明らかな喜劇的効果が狙われた登場場面。大きなお腹は、演出としては、ジョレンタに尋ねられて、「あまりに確かすぎる」と答えるまで隠しておくこともできるだろう。
＊3　ベールを引く――様式化された恥辱の仕草。この場の最初からアンジョレッラは悲しく、ジョレンタは深刻な状況を笑い飛ばそうと決めている演技が求められる。
＊4　台詞と厳密には呼応しないが、この時点でお腹の詰め物を取ってへこませるのも喜劇性を高める。

　実際は違うの。
アンジョレッラ　あなたは幸せよ。
私、もう一度、生娘になれるなら、何だってあげるわ。
ジョレンタ　そうなの？　何のために？
私は、そんなもののために、高価な所有物は絶対あげないでしょうね。
それ、いつ何時失われるかわからない危険性があるものだから。お願い、笑って。
男の子か女の子か賭ける？
アンジョレッラ　どっちでも神様の思し召しどおりに。
ジョレンタ　いえ、いえ、どっちが生まれるか、
　真珠の鎖を私と賭けて頂戴な。
アンジョレッラ　私は何も賭けないわ。
そのためにもう大きすぎるものを賭けたの、私の名誉よ。
ところで、決闘が計画されているのは、聞いているわね、
聞かずもがなだけど。
ジョレンタ　　　ああ、それ以外、耳に入ってこないわよ。
　恋人が戦うのよ、兄相手に。
アンジョレッラ　そして私は、友人が死んでしまうのを恐れているの。

どんな良い助言を私に与えて下さることができて？

ジョレンタ　本当に、唯一これだけよ。

世の中にそれを妨げる手立ては何もないから、娘さん、
あなたと私は、その騒動から
できるだけ遠くに離れていましょう。

アンジョレッラ　何処へ？

ジョレンタ　場所なんて問題じゃない、何処でもいいの。

アンジョレッラ　何処でもいいなら、船で行くのはよしてね。

波が荒い海は耐えられないの。

ジョレンタ　転がされる[*5]のが我慢できないって？　じゃあ、もう何も言わないで。

私たちは、その一交替服務時間のあいだ、陸軍兵士になりましょう。元気出して、

＊5　転がされる――原文の英語は、tumbled で、つわりのために船旅で揺れるのがつらいというアンジョレッラにベッドの上で転がされる性交は好きなはずなのに、というジョレンタの冗談。続く「一交替服務時間」（tricke）もおそらく操舵担当に関する海事用語で、縁語になっている。ちなみに同様の地口として、陸路の場合は、jolt「〈人・乗り物が〉揺れながら進む」という語がしばしば使われる。

あなたの男の子は、勇敢なローマ人として生まれてくるわ。
アンジョレッラ　ああ、じゃあ、ローマへ行くっていう意味なの？
ジョレンタ　中に誰かいますか？

召使登場。

エルコール卿に届けてちょうだい。この手紙[*6]を
[召使退場。]
さあ、娘さん、世界中何処へ行っても
私はあなたのためにいるのよ。
アンジョレッラ　私は、あなたの影のように、あなたに付いて行くわ。
退場する。

＊6　手紙はこの場の最初から持たせておくことも可能だが、会話の途中で書かせる演出もできるだろう。

五幕二場

プロスペローとサニトネッラ登場。

プロスペロー　いやもう、手前は、あなたが上等な生肉ならぬ高級な法律の塊[*1]のような売れっ子になってお目にかかること以外に考えておりませんです。
サニトネッラ　じきにそうなろうよ。本当に、そのために新しい方法を取ることを決心したんだ。弁護士に依頼人からの報酬を受け取ってもらうんだ、そして連中が振り返って背中を見せるや否や弁護士は依頼人を馬鹿呼ばわりしてあざ笑うんだよ。
プロスペロー　それは、彼らに意地悪でございますね。
サニトネッラ　不道徳な虐待が含まれている方法も一つある。

*1　生肉…法律の塊――原文の英語 Law-flesh を raw flesh との地口と解釈して訳出した。

プロスペロー　何でございますか、それは？
サニトネッラ　もちろん、これ、法廷開期中は如何なる事務弁護士たりとも午前中六回以上、居酒屋に行くこと許容される能《あた》わず、というやつだ。
プロスペロー　どうしてですかね、大将？
サニトネッラ　ああ、君、弁護士の依頼人を酔っぱらわせちまうからだよ。そしたら訴訟相手同士が、裁判で和解する前に、友達になっちまって報酬は、ぱあ。

［プロスペローとサニトネッラ退場。］

手紙を持ったエルコール、そしてコンタリーノー、この決闘の前に行われる儀式、バサナイツ*2に参列したため修道士の服を着て進みながら、登場。

エルコール　その場所を空けてくれ、紳士諸君。
コンタリーノー　（傍白で話す）どうして私はこれ以上こんなにも執拗に自分を隠しておく必要があろうか。明日、流されるであろう血は、すべて私のせいなのだということを教えられたのに。このまま続けるか明かすか、一つ質問をすれば決められる。
［エルコールに］気高き兄弟よ、

そなたは、進んで他人の子どもの父親となり、その母親とも
結婚しようとするほどに高貴な情熱をもって、
美しきジョレンタを愛しておられるとお見受けするのに、
彼女の兄上、絶えずそなたの、忠実で確固とした味方であった
その方を殺すために、こんなにも突然に
自らを携わらせるということが、
どうやったら可能なのか喜んで知りたいと思っております。

エルコール　では、お教え致そう。
以前、公の場で述べましたが、コンタリーノーへの
私の愛がその理由。彼の不幸な最後は、
その裏切り者がもたらしたのです。［手紙を見せながら］彼に対しての
良い思いをすべて殺してしまうことがもう一つ、ここにあります。私は、
今、それをジョレンタから受け取ったのです。

＊2　バサナイツ――司法裁定のための決闘が行われる場合、決闘を行う者たちは懺悔とその罪の許しの儀式を受ける。その詳細は未解明であるが、宗教的な衣装を着させて登場させる。

コンタリーノー　手紙で？
エルコール　そう、この手紙で。
　本当に真実のところ、誰がその子の父親なのか
　解明するために彼女に書き送ったところ、
　彼女が返事をくれたからです、彼女がそれと共に歩む恥辱は、
　彼女の兄によって孕まされたものだと。
コンタリーノー　ああ、悪党め、近親相姦の極み！
エルコール　　　　　　　　　　　　　　断言しますが、
　前は、コンタリーノーの子どもだと思ったのです。
　そして、と言うのも、そうすれば彼女の不名誉にベールをかけただろうと。
コンタリーノー　もう充分です。
　武具師は、武器を持ってきましたかな？
エルコール　ええ。
コンタリーノー　もう彼女のことは考えますまい。
エルコール　誰のことです？
コンタリーノー　私の母のこと、私の母親のことを[*3]考えていたのですよ。
　武具師を呼んで下さい。

退場する。

＊3　コンタリーノーは、ジョレンタのことを言ったのだが、自分が変装していることを思い出し、誤魔化した。喜劇的に演出できる。

五幕三場*1

外科医［その2］とウィニフリッド登場。

ウィニフリッド　私を本当に愛している、とあなたは、おっしゃるのですね？

外科医その2　ああ、もうすっかり。

ウィニフリッド　で、私と結婚するつもりなの？

外科医その2　いいえ、それ以上のことをしますよ。
世間の流行は、多くの場合、
女性をみだらな悪者にしといて、それから後で
結婚するって具合だけど、私はね、その反対に
あなたをまず正直者《オネスト》にして、それから後で
婚姻の手続きを取るつもりなのですよ。

ウィニフリッド　貞節《オネスト》なって、そりゃ、どういう意味だい？

外科医その2　つまり、あなたが先般の法的な訴訟に偽証で助力したおかげで、
あなたには汚い噂が付いて回っている。あなたの良い評判を
取り戻すには、何か素晴らしく正直なことをする以外に
もう方法がないのです。
ウィニフリッド　どうやるんです、先生？
外科医その2　すぐに行って、あなたの奥さまに、確かな真実として
明かすのです、コンタリーノーは生きている、と。
ウィニフリッド　ええ？　生きている？
外科医その2　そうです、彼は生きています。
ウィニフリッド　いいえ、私はそんなことを奥さまに言ってはならないわ。
外科医その2　言ってはならないって、なぜです？
ウィニフリッド　だって、奥さまは昨日、誓約で私を縛ったのよ、
二度と彼のことは話さないように。
外科医その2　では、裁判官のアリオストーにそのことを明かしなさい。

＊1　場所は、レオノーラの家か外科医の家。

ウィニフリッド　絶対駄目、法廷で私があんなにたくさん嘘をつくのを聞いてたのだから、決して私の言うことをあの人は信じないわよ。それをカプチン会修道士に話したらどうかしら？

外科医その2　それ以上ない、いい考えですな。それから、あなたが教えてくれたように、一緒に逃げてくれるようにあなたに嘆願した、あなたのお嬢さまのほうは、彼女の気が向くままにさせてあげなさい。私はロメリオが家に残して行った衣服を持っている、ユダヤ人の服だ、それを着て、それから、強奪された振りをして、夜明けまでには、すべての旅行者を連れ戻して、そして途中で私の正体を明かし、喜劇的な結末をご披露しよう。彼女はちょっと気が狂ってると人々は言う、これが、彼女を治すのに役立つだろう[*2]。さあさあ、すぐに行って、カプチン会修道士にそのことを明かしなさい。

ウィニフリッド　先生、そうします。

退場する。

＊2　治す――笑いが病気を治すということ。『モルフィ公爵夫人』では、「偉い医者が、ローマ教皇がひどい憂鬱症になった時、［余興で］笑わせて、それで膿瘍が破れた」（'A great Physitian, when the Pope was sicke / Of a deepe mellancholly, ... forc'd him to laugh, / And so th'impost-hume broke', 4.2.39-43）とある。

五幕四場[*1]

ジュリオー、プロスペロー、そしてサニトネッラ登場。

ジュリオー　忌々《いまいま》しい、全く愚かにも挑戦を引き受けてしまったよ。もしそれに応じるために姿を現さなかったらどうなるかな？

プロスペロー　卑怯と約束破りの罪で絶対的有罪の確定でしょうな。そして、あのデンマーク人が、あなたの公の場での恥辱となるように、あなたの家の紋章[*2]を逆さにするか、あなたの不名誉にもそれを彼の馬のしっぽの下に結びつけるかするでしょうね。

ジュリオー　それは充分に嫌だから、望むと望まざるとにかかわらず戦わねばならないとわかるよ。

プロスペロー　ロメリオはどういうふうに立ち回りますかな、人々は、彼が一緒に稽古している、わが国で一番の熟練剣士の内の一人の脳天をほとんどぶち割るところだった、と言ってますがね。

ジュリオー　きっと間違いない。今、君が剣術の話をしたから聞くけど、戻って来た時の賭け[*3]をしてローマへ旅をしていたウェールズの紳士のことを覚えてないかなあ？
プロスペロー　覚えてませんが、彼がどうしましたか？
ジュリオー　剣士は、奇妙な実験をやってみた。
プロスペロー　何です、それは？
ジュリオー　試合の時にそのウェールズ人は、剣術使いたる者ができることは何でもやるのだけれど、いつも尻込みして、どうしても命がけで前へ出る勇気がなかったんだよ、ある夜の夕食の時まではね。その晩、なんと大量のパルメザンチーズをこいつは貪り食うんだろう、と彼の弟子をじっと観

＊1　場所は、ヌォーヴォー城の一室。決闘の日時が近づいている。小道具の剣を使った所作や台詞回しで、ジュリオーの喜劇的な臆病さが強調されるような演出が求められる場。
＊2　紋章――原文の英語は、Armes で、紋章入りの盾（escutcheon）を逆さにされることは不名誉の伝統的印であり、当時の決闘の作法書には、決闘の日に正当な理由なく出頭しなかった卑怯者が非難されて、その者の紋章が馬のしっぽの下に留められるなどの不面目な扱いを受けるべきことが規定されている。
＊3　戻って来た時の賭け――旅行者が出発の際に旅の危険性に応じて特定の金額を賭け、戻らなければそのお金を取られるが、帰ることができればそのお金の数倍の金額を受け取るというもの。エリザベス朝期にはやがて、破産者、舞台役者、卑賤の者などが、お金を得るためにこの賭けを行うようになったらしい。

てたんだ。翌朝、彼は発明の才を発揮して、剣先のたんぽの代わりにこんがりと焼いたチーズで巨大な先皮[*4]を作ったというわけだ。かくして、君が生きているのと同じくらい確かに、そのおかげで彼は最も勇敢な剣士として前へ出れるようになったんだ。

プロスペロー　あり得ますな！

ジュリオー　まあ、そのせいで試合中、格好悪くなっちまったんだけどね。いつも口を開けてて、突きを入れながら、食えなくて腹をすかした座席案内人がそんなふうなのを見たことがあるけれど、口を大きく開けるようになっちまったんだよ。

サニトネッラ　たまたま顎に一撃くらったとしても、焼いてあるのは、多分チーズをもっと柔らかくするためだったのですな。

ジュリオー　なくもないな。決闘の途中で一息つけるかどうか、誰か知ってるか？

プロスペロー　決して駄目です。

ジュリオー　飲み物も駄目なのか？

プロスペロー　それも駄目です。

ジュリオー　そりゃ、むかつくな。怒ると僕はとっても喉が渇くんだ。

プロスペロー　間違いですよ、お坊ちゃん、とても喉が渇く[*5]のは悲しみのせいです。

サニトネッラ　いつもとは限りませんよ。悲しみがずぶ濡れにするのを私は知ってます。

ジュリオー　雨の時かい？

サニトネッラ　いいえ、がみがみ女が水の中に落とされて、懲罰椅子[*6]から出てきた時ですよ。
ジュリオー　その時は、確かにずぶ濡れだろうね、先生。

とても憂鬱な様子[*7]でロメリオ、そしてカプチン会修道士［それぞれ別々に］登場。

カプチン会修道士　［傍白］レオノーラの侍女から、
コンタリーノーが回復したという非常に
不思議な知らせを伝えられたので、ロメリオの

＊4　たんぽ…先皮——原文の英語では、それぞれ foyle、button で、剣の先に付ける緩衝材のこと。これで突かれても怪我しなくなる。ウェールズ人のチーズ好きは、揶揄の対象だったようである。
＊5　渇く——当時の生理学では、体液の一つ、胆汁（choler）が短気、癇癪の原因で、熱くし乾かせる作用をすると考えられていた。しかし、「悲しみは渇く」という格言があり（Tilley, S656）、メランコリーの作用も冷まし乾かせると考えられていた。
＊6　懲罰椅子——特に、がみがみ女や手に負えない女を制御するために使われた懲罰道具。椅子に括り付けたまま池や川に浸けて、水から上げたり下げたりして公衆のさらし者にした。
＊7　黒い服をだらしなく着て、憂鬱症の慣習的な所作（腕を組んで物思いにふけり何度もため息をつく）をする。

悔悛の度合いを探ろうと、そしてそれが果たされれば、
彼女が私に語ったことを知らせて、この過ちを終わりにするために
私はやってきた。［ロメリオに］あなたに平安がありますように。
［他の人々に］お願いだ、紳士諸君、しばらくこの場所の自由を
私の物として下さらんか。［ジュリオーに］いや、あなたは、いてほしい。*8

プロスペロー［と］サニトネッラ退場。

［ロメリオに］私と一緒に祈って下さらんか？
ロメリオ　いや、いや、この世と俺は
まだ勘定を清算していないんだ。
カプチン会修道士　私があなたのために祈りましょうか？
ロメリオ　あんたがそうしようとしまいと、俺はどうでもいい。
カプチン会修道士　ああ、あなたは危険な船旅をなさろうとしている。
ロメリオ　問題なしだ。俺が自分自身の舵手になる。
その事であんたの頭を悩ますことたあねえ。
カプチン会修道士　どうか教えて下され、死については瞑想*9なさらぬか？
ロメリオ　ひぇーっ、その学課は、昔、マラリア熱にかかって
病気で寝ていた時に習ったよ。俺は今、

生きるために、命のために精を出しているんだ。修道士さん、トレドの剣とミラノの刀身と、どっちの鍛えのほうがいいか、教えられるかい？

カプチン会修道士　そういったものは、その、私のお勤めの範囲外なので。

ロメリオ　だが、そういったものを使って、その、明日、俺は決闘の相手を務めねばならんのだ。

カプチン会修道士　私があなたの状況の中にいたら、自分自身にしゃれこうべになった異様な姿を映して見せるでしょうな。

ロメリオ　主張を逆にしようぜ、もし俺があんたの法服着た立場だったら、俺自身の影法師の異様な姿を見て笑うだろうな。俺を臆病者にするために、誰があんたを雇ったんだい？

[60]

＊8　ジュリオーはレオノーラの登場まで役割がないので、舞台上の離れた所に立って見ているだけか、もしくは舞台奥を向いて跪いて祈っている等の演出が必要。

＊9　瞑想——聖イグナチウス・ロヨラ（Ignatius of Loyola, 1491-1556）の『霊操』（*Spiritual Exercises*, 1522-24）に基づいた瞑想の方法は、イギリスにも「往生術」（*ars moriendi*）の形で吸収されて、キリスト教徒として如何に死ぬか、臨終に際してどう振舞えばよいかを説いた死に方の手引書が流布していた。

カプチン会修道士　私はあなたを良きキリスト者にしたいのです。

ロメリオ　それでもやはり、正直者で [70]
あり続けさせてくれ、臆病者は決してそうではありえないと
はっきりわかってるんだ。あんたは、聖職者よりはむしろ、
自分に医者の役割を引き受けてるよ。
せっせと俺の体を活気のない状態にするもんだから、
明日俺は決闘場でヤマネ[*10]みたいに戦って、
眠っているうちに殺されちまうはずだ。

カプチン会修道士　あなたは、コンタリーノーを殺したのですか？

ロメリオ　今度は、むかつく質問だな。

カプチン会修道士　なぜですかな？

ロメリオ　それは、贖罪司祭として尋ねたのか、それともスパイとしてか？ [50]

カプチン会修道士　進んで悪魔に激しくぶつかって、
あなたの道からどかせようと願っている者としてです。

ロメリオ　ふーん、あんたの体はそうするには弱々しすぎるな。
やつは、ずる賢い格闘家だ、いいか、たくさんの人間の首を
へし折ってきた。

カプチン会修道士　しかし、悪魔を投げるのは、腕力ではありません。
ロメリオ　何でもいいから、そうさせろ。
何か美味い食べ物を朝飯にくれ、腹が減った。[*11]
カプチン会修道士　ほら、あなたのための食べ物です。

彼に聖書を渡す。

ロメリオ　ひぇーっ、俺は博士号を取ってこれから研究者ってわけじゃあないんだ。
そんときゃ、その本をむさぼるごとく読むべし、って指示は適切だろうがな。
俺は、戦うことになってんだ、戦わなきゃなんねえ、だからそうするんだ、
食欲満々で食うのと同じようにな。
カプチン会修道士　食べて、そして死が理解できますかな？
ロメリオ　なんだって？　死神は
腹を空かした仲間じゃないのか？　どうだい？　墓ってのは、

＊10　ヤマネ――原文の英語 Dormouse はネムリネズミとも訳され、臆病、卑怯、不活発性、昏睡・休眠状態の代名詞でもある。
＊11　腹が減った――霊的な力こそが大事だというカプチン会修道士の議論に対して、肉体の力を食べ物によって補給したいと主張するとともに、修道士を給仕係、召使と見なした反抗的な言葉である。

偉大なるむさぼり食う者って言われてんじゃねえのか？　食べ物を持って来てくれ。
断頭台にかかる男[12]が、それまでにほとんど半時間もない頃、
心を強くするために、旺盛な食欲で
食べたのを俺は知っていたよ。
だからもし死に際の言葉をしゃべるだけのやつがそうしたのならば、
死にあらがおうとしている俺が、食べないでどうする？

カプチン会修道士　　　　　　　　この自信、
もしそれが真理に基づいているのならば、良いものです。

ロメリオ　あんた、決意というものは、いつも
高貴な死に仕えているということを理解せねばならんよ。
指揮官たちが、彼らの兵士たちを戦場から退却させて、
そして最後に退くようにね。だって、ねえ、死とは何だい？
運命の砲撃から人を守るための、この世で最も安全な
塹壕だよ。それを怖がるってのは、
子どもを産むときに、その千倍の痛みに耐える
妊娠したあまっちょよりも俺が弱っちいということを
証明することになるだろう。

カプチン会修道士　ああ、あなたのために私は身震いします。
海での戦いよりももっと恐ろしい嵐があなたの中で吹き荒れていると
わかるからです。そして、あなたの魂は、
今まで、過ぎた安心の中で溺れ、
如何に生きるべきか、如何に死ぬべきかも、わかっていらっしゃらない。
しかし、あなたをぎくりとさせ、あなたが何処へ逝くのかを
わからせるであろう物があります。
ロメリオ　それに対する武装はしているさ。

レオノーラ、召使に運ばせた二つの棺桶、
花を刺した二つの経帷子[*13]と共に登場、一つを彼女の息子に、
もう一つをジュリオーに差し出す。

＊12　断頭台にかかる男――おそらく一六一八年に執行されたサー・ウォルター・ローリー（Sir Walter Raleigh, 1552-1618）の処刑への言及。処刑が近づいた頃、朝食を取り、いつものようにタバコを吸い、断頭台では周到に準備した辞世の言葉を語ったと言われている。

大歓迎するぞ。これは、けっして流行遅れにならない、
きちんとした服だ。口付けしよう。

春の花はみな集う、
我らの墓に香《か》を与《あと》うため。
花には美しく咲くわずかな時間《とき》があり、
人にも生きて栄える、わずかの時間《とき》がある。
生まれ来し方、顧みれば、
植えられ、育ち、土へと帰る。
宮廷《みや》よ、さらば、喜びも、
そそる欲《よく》望もみな、さらば。
甘やかな息すら、かげりなき瞳すら、
芳香の如く、消えて亡くなる。
陽が照れば、影ができるごと、
盛者必衰は、此の世の理《ことわり》。
空なるかな、王たちの野心、
彼らが願い求むるは、命《いのち》なき記念碑で、

静かな音楽。*14

命あり続く功名を残すこと、これ、
　風を捕らえるべく網を編むにすぎず。
ああ、あんたは、奇跡を行なった。鉄石のように固い心を
溶かしたのだ。この物言わぬ儀式の中に
正に見事な悔い改めの形を
要約してくれた。
カプチン会修道士　あなたがそのように受け入れてくれて嬉しい。
ロメリオ　この棺桶は、母親が俺に行なった不当な扱いを
許すようにと説得する。許すことが、あの世で許される方法であると
俺は算段する。そして、この経帷子は、
我々人間が、絶頂期にある時、如何に腐敗して

[140]

＊13　棺桶…花…経帷子——所謂、死の警告（*memento mori*）で、死を思い起こさせるための瞑想の道具として使われている。経帷子は、単に手渡す代わりに、上の部分を結んで、二人それぞれの頭に被せて、纏わせる演出も可能だろう。
＊14　弦楽器、おそらくヴァイオルによるコンソート。原文の英語は、ここから一行が八音節、四歩格の韻律、二行連句で脚韻を踏んでいる。

土の臭いがするかを示している。（彼の母親に）どうか、
あの別室へ入って下さい。[*15] そこで、決闘の前に、
重大な意義をもつ事柄について
相談があるのです。

レオノーラ退場。

ジュリオー ［経帷子を肩に掛けて］ さあ、絞首刑のためにちゃんと幅広のベルトを掛けたぞ、何てむかつく流行かね、飾り帯として人の肉を包むパイ皮[*16]を掛けるなんざ！

カプチン会修道士 なんと、これはいい。
そして、今や私はあなたに死ぬための適切な備えをさせて、
墓と同じくらい心を低く、謙遜にさせたので、
再びあなたを引き上げて、あなたの希望を凌ぐ、
慰めの言葉をあなたに話し、この予定された決闘を
勝利へと変えましょう。

ロメリオ まだ、もっと神の力、か？
尊師さまよ、先に一つやって下され、私の部屋に
金箔でメッキされた羊皮紙が表紙になってる祈祷書があるんだ。
取って来てもらえないか、それから、どうか母親を安心させてやってほしい。
私もすぐに彼女のところへ行くから。

［カプチン会修道士退場。ロメリオ］施錠して修道士を別室に閉じ込める。
さあ、もう逃げられる心配はないぞ。

ジュリオー　何をしたのですか？

ロメリオ　もちろん、閉じ込めたのさ、
城の小塔の中にな、逃げられる心配はないから、
これから四時間は俺たちを煩わす恐れはねえ。もし望むなら、
窓を開けて海に向かって、甲板長みたいに、口笛を吹いて
叫ぶこたあできるかもしんねえが、人っ子一人聞こえやしねえよ。

＊15 「この棺桶」の時点でレオノーラの召使たちが棺桶と共に退場し始める。「あの世で」には上を見上げるなり指さすなりのジェスチャーがあるほうがよいだろう。「あの別室」はここでは舞台の外、楽屋を使う。

＊16 **パイ皮**――原文の英語では、coffin だから、経帷子を比喩的に「棺桶」と言ったのかもしれないが、廃語として「パイの皮」（*OED*, 4）という意味があるのを使って訳出した。『モルフィ公爵夫人』の中でボソラが人間の肉体を「風変わりでもろい焼き菓子」に喩えている（'what's this flesh? ... phantasticall puffe-paste', 4.2.17-18）ように、ジュリオーも、死んだ肉体を包む経帷子をパイ皮に見立てて冗談を言ったのではないか。脇演技として、流行を気にするジュリオーが、経帷子を肩から掛けて、それを幅広のベルトやスカーフに見立ててポーズをとったり、絞首索に見立てて、窒息死する真似などをして笑いを取れる個所だろう。

おまえもあいつの説教にはうんざりじゃなかったか？
ジュリオー　うん、もし彼が傍に砂時計を持ってたら、少しそれを揺り動かして早く砂を落としてほしいって彼に願っていただろうね。でもあなたのお母さん、あなたのお母さんも中に閉じ込められてるよ。
ロメリオ　それで余計に助かるんだ。別れる時に喚《わめ》かれるのを免れられるからな。

［内部でドアをたたく音。］

ジュリオー　聞いて、まるで気が狂ったみたいに、出せってドアをたたいてる。
ロメリオ　やつのサンダル靴が粉々になって飛び散るまでたたかせておけ。

［内部で叫び声。］

ジュリオー　おや、何て言ってる？　コンタリーノーは生きてる？
ロメリオ　はい、はい、コンタリーノーの生きてる時の財産は、修道院に贈与してもらいたい、という意味だな。
やつが釣り上げたかったのは、それだけだよ。どうやら、夜明けだ。*17

まもなく、戦いへと呼び出されよう。

ジュリオー　一つ残念なことがあるんだ。

ロメリオ　何だ？

ジュリオー　自分自身でバラッド*18を作らなかったってことだよ。もし下手こいて死んだら、へぼい詩で悪党のように歌われるのを心配してんだ。だけど、若いカプチン会修道士が、僕たちに霊のことを話した時と同じように、今度はあなたのお母さんに熱心に肉の話をしないとしたら驚きだよね。でも、もしそうしても、気高い神の捕らわれ人が、密室監禁されての密通で有罪なのは、初めてじゃないよな。

ロメリオ　いざ、戦いへ。［退場する。］

*17　カプチン会修道士を演ずる役者は、この台詞の前で、たたくのと叫ぶのを止めて、二階舞台へ移動する。舞台外での騒音が止んで、時間の経過と雰囲気の変化を暗に示す。

*18　バラッド――処刑された犯罪者の顛末が面白おかしくへぼ詩にされて歌われることで、いわば現在のメディア報道の役割を果たしていた。

五幕五場*1

カプチン会修道士とレオノーラ、二階テラス舞台に登場。

レオノーラ　コンタリーノーは生きてるの？
カプチン会修道士　そうです、奥さま、彼は生きていて、今はエルコールの介添え人です。
レオノーラ　なぜロメリオは私たちをこんなふうに閉じ込めたのでしょうか？
カプチン会修道士　ある邪悪な霊のせいで、
　ロメリオは彼自身の救いに耳を傾けることができなくなっているのです。
私たちは、城中で最も人気《ひとけ》のない牢獄、
小塔に閉じ込められて、彼の強情、
狂気、もしくは我々の理解を超えた運命が、このように彼の命を
救うことを妨げている。
レオノーラ　ああ、コンタリーノーの命を救うことも！

あの子の命なんて何の価値もありません。お願い、もっと大きな声で助けを呼んで下さい。

カプチン会修道士　ほとんど無駄です。

レオノーラ　私、この狭間胸壁から飛び降ります。
そしたら、戦いを妨害するのに充分間に合って
死んでいるのを見つけてもらえるかもしれません。

カプチン会修道士　ああ、むしろ天を仰いで下さい。
彼らの救いは、上から来るに違いありません。人間の確固とした意図を如何に
天がひっくり返すことができるかということを見ることになろうとは！　ロメリオの
コンタリーノーを殺そうという意図は、彼を回復させる
手立てとなりました。そして私がロメリオを救おうと
ここに来たことは、彼の破滅を招いているのです。哀れな人たちは、
彼らの幸運な潮の流れを変えるもの。そして彼らは、幾つかの不遜で
隠れた罪の中でびしょ濡れになっているものだから、
自分たち自身を最も正当に扱いたいと熱望する一方で、

＊1　場所は、ヌォーヴォー城の小塔。二階舞台で演技される。

空中で支配している悪魔が[*2]、彼らの光をさえぎって浮かんでいるのです。

レオノーラ　ああ、彼らをこんなふうに死なせてはいけません。誰か信仰心の篤いキリスト者が私たちの声の届くところへ来てくれるのを願うわ。街の中を見渡す、反対側の窓を開けて下さい。

カプチン会修道士　奥さん、そう致します。

退場する。

＊2　空中で――『新約聖書』の「エペソ人への手紙」は、悪魔のことを「空中の権をもつ君、すなわち、不従順の子らの中に今も働いている霊」（'the prince of the power of the air, the spirit that now worketh in the children of disobedience', Ephesians, 2:2）と呼んでいる。『モルフィ公爵夫人』では、アントニオがボソラに「おまえは天を仰ごうとしているのに、おそらく空中を支配する悪魔がおまえの光をさえぎってるんだ」（'the Divell, that rules I'th'aire, stands in your light', 2.1.89-90）と言っている。

五幕六場[*1]

［役人たちによって］闘技場が設置される。
判事付き事務官登場、裁判官としてクリスピアーノとアリオストーが登場、着席する。
［サニトネッラ、そして紋章官も登場。］

判事付き事務官　決闘の挑戦者に、同じく被告の防御者にも、出頭命令の合図をせよ。

それぞれのトランペットによる華麗な吹奏。[*2]

一方のドアのところにエルコールとコンタリーノー、

＊1　場所は、ヌォーヴォー城の外。外舞台で演じられる。
＊2　原告と被告とを分けるために異なった吹奏をする必要がある。

他方にロメリオとジュリオー登場。

何であれ、これから決闘が始められるべきではない、と申し立てる
ことのできる者はあなた方の中におられるか？
交戦者たち　申し立てはありません。
アリオストー　勇士たちは、彼らの武器の重さと、
長さを計ったか？
判事付き事務官　はい。
アリオストー　では、戦いを始めよ、そして天が正しき者を
決めたまいますように。
紋章官　戦イヲ始メヨ、カクシテ主張ノ正シキ者ニ勝利アレ。［トランペットが攻撃の合図を吹き鳴らす。］
ロメリオ　待ってくれ、[*3] 俺は自分が何処へ逝くのかよくわからんのだ。
だから、最後の喘ぎではあるが、幾らか聖職者に祈ってもらうことが
必要だろう。［役人に］お願いだ、ヌォーヴォー城へ
走ってくれ。この鍵が、小塔の中に閉じ込めた
カプチン会修道士と俺の母親を開放するだろう。
彼らに急ぐように、そして祈るように命じてくれ。［役人、退場。］

修道士が来る前に俺は死ぬかもしれん。さあ、主張ノ正シキ者ニ勝利アレ。

決闘場の皆　主張ノ正シキ者ニ勝利アレ。

［トランペットが攻撃の合図を再び鳴らす。］

戦いはかなりの長さ続けられ、*4

レオノーラとカプチン会修道士登場。

レオノーラ　やめて、やめて、お願いだから、やめてちょうだい。

＊3　待ってくれ——このロメリオの突然の台詞は、ここまで周到に伝統的な手続きを踏んで積み上げられてきた厳粛な雰囲気と、決闘へ至る緊張感を一気に壊してしまう、劇の展開の意表を突く急転換（coup de theatre）である。演技によっては喜劇性を大いに高める可能性をもった個所である。「何処へ……」は、罪を自覚した人間の、死に際の決まり文句。『白い悪魔』では、そのパロディとしてフラミニオーが「おれは何処へ逝くのだろう?」（'Whither shall I go now?' 5.6.106）と言い、ヴィットリアも有名な台詞「私の魂は、暗い嵐の中をさまよう小舟のよう、／漂い流されて何処へ逝くのやら」（'My soule, like to a ship in a blacke storme, / Is driven I know not whither', 5.6.243-4）を残している。『モルフィ公爵夫人』では、ジュリアが「私、逝くわ、何処へかはわからないけれど」（'I go, I know not whither', 5.2.280）と言って死ぬ。

＊4　使者がヌォーヴォー城へ走って行って、カプチン会修道士とレオノーラと一緒に戻って来るという想定で無理のない長さ、決闘シーンを続けねばならない。

アリオストー　決闘を邪魔するのは何処のどいつだ？
　やつらを牢へ引っ立てろ。
カプチン会修道士　我らは長すぎるあいだ、囚人でした。
［エルコールに］ああ、あなた、どういう意味です？　コンタリーノーは生きているのですよ。
エルコール　生きてる？
カプチン会修道士　彼が生きているのをご覧なさい。
　［コンタリーノーは変装を解く。*5］
エルコール　［コンタリーノーに］あなたは、たった今まで私の片腕だったが、今からは永遠に、私たちは一心同体だ。　［彼らは抱き合う。］
レオノーラ　ああ、ここに、あいだに入って、*6
もっと近くにいると主張する者がおりますわ。
コンタリーノー　そして、愛しいご婦人よ、
私は、あなたに私の命をすべて捧げると誓ったのです。
ロメリオ　もし夢を見ているのでなければ、俺も幸運だ。*7
アリオストー　何という無礼さでもって、

この名誉高等裁判所が侮辱されたことか！

ベールを被ったアンジョレッラ、ムーア人のように顔を黒く塗り［ベールを被った］ジョレンタ、二人の外科医、その内一人［外科医その2］はユダヤ人のような格好で、登場。

これはどういうことなのだ、こいつらは誰だ？

外科医その2　奇妙な鳥のつがいにございます。そして、わたくしめは、鷹匠で、この二羽を隠処から飛び立たせましたので。こちらは、聖クレア修道会の白人の尼僧でして、それからこちらは、黒人です。[*8]

＊5　変装を解く――ギリシア悲劇では、主役がある劇中人物の正体とか自分の置かれた状況の意味とかに気付くことをアナグノリシス（anagnorisis）というが、この劇では、ここから喜劇ジャンルのハッピー・エンディングへと加速する。

＊6　エルコールとコンタリーノーが抱き合うために近づいて、身体を傾けた時にレオノーラはその間に入る動きが必要。その結果、二人は彼女越しに抱き合う形になる。

＊7　幸運――ロメリオは殺人罪を免れることになるからである。

＊8　外科医その2の両側にジョレンタとアンジョレッラを立たせる。

わたくしめの言うことを信じて下さいまし。

ジョレンタのベールを取る。

アリオストー　ほんに、彼女は黒人じゃ。

ジョレンタ　私をお好きかお嫌いか、どちらかお選び下さいな、
カラスさんの羽の綿毛[*9]は、
ヴィーナスさんの頬にある、ほくろと同じく
やわらかでなめらか。
推して知るべし、空虚な外見。我、
ただ気遣うは、心美しく保つこと。
構うなかれ、外側の皮、
大事なのは内側の宝石。
血が透けて見えるほど白い肌はもたねども、
天使ら誇る、我ら姉妹[*10]の絆。
さあ、決めて下さい、どちらが白い、
尻軽[*11]とわかったあの娘《こ》のほうか、
はたまた、清く正しく、汚れを知らず[*12]、
黒檀色の、黒いこの娘《こ》のほうか。
憚りなく申し上げます、真《まこと》の美しさとは、

ただ心の中にあるのみなり、と。
エルコール　ああ、美しいジョレンタだ。何の目的で、
あなたはこのように黒く塗って輝きを隠しておられるのですか?
ジョレンタ　エルコール様、私はこの決闘の騒ぎから
逃げようとしていたのです。同様に、私が子どもを孕んでいるという、
ずるい目的のために、兄が広めた嘘の評判からも
逃れました。
レオノーラ　ここですべてこれ以上、詮索するのをおやめ下さい。この書き物が
法廷に対して、事の顛末すべての
各々の事情を説明するでしょう。
［紙を渡す。*13］

［60］

＊9　カラスさん……――ここから韻律を替えることで道徳的教訓を述べる様式になっている。
＊10　姉妹――ジョレンタは修道女の服を着ていて、宗教的な意味での「シスター」との地口になっている。
＊11　白い…尻軽――このあたりでアンジョレッラのベールも取られて、ジョレンタの黒い顔と比較される。「尻軽」の英語は、light で、もちろん肌の輝かしさをも同時に意味している。
＊12　汚れを知らず――原文の英語は、unstain'd で、実際の劇の中では肌にすすを塗って黒人の肌を作るので、当時は一種の冗談になっていた。

アリオストー　もうよい、法廷の判決を傾聴しなさい。
この世の中にあるすべての物に、稀少さと困難さ[*14]が、
評価価値を与える。諸君は、この様々なでき事の中で
この両者に出会ってきた。さて、残るは、
この非常に幸運な結末となった出来事が、判決の何らかの厳しさによって
台無しにならないようにすることである。ロメリオ、
君はまず、君の擁護者になった、あの紳士に、
彼がかかずらわされて契約した、
あの債務証書を、元金だけを受け取って、
すべて渡しなさい。

ロメリオ　そのように致します、裁判長。

ジュリオー　ありがとうございます、今や海賊退治のために船乗りになりたい気分ですよ。そして僕の唯一の野望は、自分の船に稀有の音楽合奏団を備えてもらって、僕が喜んで気が狂いたくなったら、彼らに『狂えるオルランド』[*15]を演奏してもらうことです。

サニトネッラ　ヴァイオリン奏者は、停泊して待たねばなりませんな。川船の船頭[*16]たちみたいに、強制徴募から飛んで逃げて来るでしょう。

アリオストー　［ロメリオに］次に、君はあの修道女と結婚するのだ。

ロメリオ　大いに喜んで。
アンジョレッラ　ああ、あなた、ずっと意地悪でしたね。
でも、この私の恥が、正直な乙女たち皆に、[*17]
あまりに身持ちが悪くて彼女らには守ることができない、

＊13　もしアリオストーを二階舞台に立たせているなら、判事付き事務官か他の法廷事務官に渡されるが、観客の注目を再びアリオストーに集めるための演技であることに変わりはない。アリオストーの次の台詞は、紙を受け取るにせよ受け取らないにせよ、書かれた内容を読む必要はない、という態である。

＊14　稀少さと困難さ——モンテーニュの『エセー』（初版一五八〇年）第二巻第一五章「われわれの欲望は困難に会うと増大すること」の中に「稀有と困難ほど物事に価値を与えるものはない」（'Rarenes and difficulties giveth esteeme vnto things', *Essayes*, II, xv [p. 357]）とある。

＊15　『狂えるオルランド』——一五三二年にイタリアの詩人ルドビーコ・アリオスト（Ludovico Ariosto, 1474-1533）によって書かれた騎士道叙事詩 *Orlando Furioso*（1516）。一五九一年にサー・ジョン・ハリントン（Sir John Harington, 1561-1612）によって英訳され、ロバート・グリーン（Robert Greene, 1558-92）による演劇があった。ジュリオーは、原作の作者と同名の裁判官アリオストーに感謝する意味でこの作品に言及したのだろうか。

＊16　川船の船頭——船を操る技術があるため、海軍に徴用されたが、彼らはそれを逃れる口実と手立てをしばしば求めた。彼らは、ヴェニスのゴンドラの船頭のように楽器を演奏できたかもしれない。

＊17　アンジョレッラは、妊娠した自分のお腹をさするなり指さすなりのジェスチャーの後、観客の方を向いて「正直な乙女たち」に語りかける。

この誓願を通して、驚くほど険しい天国への道を求めないように
警告できるかもしれない、とただ本当に願ってますわ。

アリオストー　コンタリーノー、そしてロメリオ、それから［エルコールに］君自身は、
トルコ人に敵対して六隻のガレー船を七年間、
管理すべし。レオノーラ、ジョレンタ、
そして美しい修道女、そこにいるアンジョレッラは、
修道会に対する誓願不履行[*18]ゆえに、
修道院を建造すべし。最後に、二人の外科医は、
コンタリーノーの回復を隠匿した廉で、
自らの技術を一二ヵ月間、ガレー船上で実践すべし、
自費で、だぞ。それでは、腐敗した土台の上に建てられたため
崩壊の恐れがあった、この出来事が、我々の願った以上に、
上首尾で有終の美を飾れることと相成り申したゆえ、
君たちの、そして観客の皆々さまの、将来の人生が、
この事件の教訓を充分利用なさるよう願って、閉廷じゃ。

全員退場。

完

＊18　誓願不履行――妊娠した修道女アンジョレッラと裁判中に修道院へ入ると誓っておきながらコンタリーノと結婚することになったレオノーラに関しては明らかであるが、ジョレンタの場合は、一幕一場でコンタリーノとの結婚を誓い、三幕三場で彼とは結婚しないと誓ったことしか明白ではない。アリオストーは、黒人の修道女への変装を神聖冒涜とみなしているのか、もしくは舞台の外で誓願して修道女になっていたとすれば、それを破棄してエルコールと結婚することか。

† 訳者解説

本書は、ジェームズ一世の時代のイギリスの劇作家ジョン・ウェブスターが単独で書いた唯一の悲喜劇 *The Devil's Law-Case. Or, When Women goe to Law, the Devill is full of Business* の本邦初訳である。底本としては、Early English Books on Line による一六二三年版 *The Deuils Law-case* のテクストを使ったが、句読点、行分け等、*The Works of John Webster, Volume Two: The Devil's Law-Case, A Cure for A Cuckold, Appius and Virginia*, ed. David Gunby, David Carnegie and MacDonald P. Jackson（Cambridge: Cambridge University Press, 2003）を参考にした。

❇作者

劇作家ジョン・ウェブスターは、同名の父親と鍛冶屋の娘エリザベス・コーツとのあいだにロンドンで生まれた。家族や生涯についての詳細はほとんど不明で、一六六六年のロンドン大火災で教区の記録が焼失したため、出生も、一五七八年から一五八〇年のあいだということしかわかっていない。父親は、大型四輪馬車や荷馬車の製造と貸出しで稼いでいた。仕事は盛況で、生地・仕立て商人組合（the Merchant Taylors' Guild）の有力な会員だった。葬式の礼服や演劇、野外劇の衣装や装飾を扱う仕立て屋は、葬儀用の馬車や見世物を載せる山車を作る職業の人間にとって関連業者だったからである。息子のウェブスターは、一五九四年から一五九八年まで、その同業者組合の経営する学校（Merchant Taylors' School）へ通った後、一、もしくは二年間、法学予備院で法学院へ入学する準備をし、一五九八年八月一日にミドル・テンプル法学院へ入学した。彼が法律を勉強した目的は定かではないが、その成果が彼の戯曲作品で活かされていることは言うまでもなく、おそらくは家業を法律面で助ける役割を果たしていたことも想像に難くない。資本主義の発展初期段階にあって、当時の信用経済は取引、売買の過程で訴訟に至る可能性も増大していたからである。父親が亡くなった後、約一〇歳年下の弟エドワードが馬車製造業を継ぐが、父親の代わりにウェブスターが生地・仕立て商人組合の会員を継承しており、その後、さらに積極的に家業に関わっていったようである。彼の作品数の少なさと遅筆の原因の一端は、この兼業にあった可能性が大きい。

ウェブスターの劇作家としての最初の記録は、劇場経営者フィリップ・ヘンズローの日記に見出され、一六〇二年五月二二日付で、マイケル・ドレイトンやトマス・ミドルトンらの他の劇作家との共作に賃金が支払われている。シェイクスピアとは一四歳もしくは一六歳差で、ウェブスターが彼のいわば修行時代を始めた二二歳もしくは二四歳の頃、シェイクスピアは既に三八歳だったことになる。だが、生涯を通して、この大劇作家との接点が少なかった一因は、ウェブスターの場合、『モルフィ公爵夫人』以外、すべての戯曲がアン王妃一座（Queen Anne's Men）に提供されていた一方で、シェイクスピアは国王一座（King's Men）を活動拠点にしていたところにあると考えられる。ウェブスターの作品は、ほとんどが他の劇作家との共同作業の成果で、初期の、先輩劇作家たちとの仕事の中で特筆すべきは、一六〇四年に、デッカーとの共作『西行きだよーお』(*Westward Hoe*)が上演された後、その続編として、ジョンソン、チャップマン、マーストン共作の『東行きだよーお』(*Eastward Hoe*)が、それに応じてウェブスターらの続編『北行きだよーお』(*Northward Hoe*)が一六〇五年に相次いで上演されたことだろう。これらは、英文学史では、「都市喜劇」(city comedy)と呼ばれる、ロンドンを舞台に、拝金主義で行き当たりばったりの商人たちを主な登場人物とする劇のジャンルに属するものである。

一六〇五年から一六一二年までのあいだのウェブスターの活動は、詳細にはわかっていないが、私生活において特筆すべきことが起こっている。彼は一六〇六年、二六歳もしくは二八歳の時にサラ・ピーニアルという一七歳の馬具屋の娘と結婚している。新郎新婦のどちらの教区でもなく当時はロンドン市外にあった村で、しかも断食と懺悔の期間である四旬節に、特別の許可をとって挙げられた式がよっぽど急いだものに違いないと思われる理由は、この結婚式から二ヵ月経たないうちに長男ジョンが生まれていることで推測できる。シェイクスピアも婚前に相手の女性を妊娠させているが、それでも長女の洗礼は五ヵ月後だった。もしこのウェブスターの結婚の遅延に、事実を否定しようとする気持ちと何らかの焦りを読み込むことができるとすれば、『悪魔の訴訟』で、修道女のアンジョレッラを孕ませてしまい、そのうえ自分が父親であることを逃れるために陰謀を企てたロメリオの胸中と通じるものがあったと想像する自由はあるかもしれない。

ウェブスターが単独で書いたとされる戯曲作品は四つあって、その内三つが悲劇、一つが悲喜劇である。まず一六一二年に『白い悪魔』が、アン王妃一座によってレッドブル劇場（the Red Bull）で上演される。この野外劇場は、従来、垢抜けしない軍隊物の演劇上演が主で、当然ながら洗練されたウェブスターの作品は真価のわかる観客には恵まれず、大いに失望した彼は、同年に印刷に直接関わり、異例の速さでこの劇を活字化している。また、この年にはヘンリー皇太子の死去に伴って長編の挽歌「記念碑」（*A Monumental Column*）を発表している。この中に幾つかの類似した表現があることから、ウェブスターが既に次の作品『モルフィ公爵夫人』の執筆に従事していたことがわかる。今では彼の最高傑作とされるこの戯曲は一六一四年に、誉れ高い屋内劇場であるブラックフライヤーズ座（Blackfriars Theatre）で国王一座によって上演され、即座に好評を博した。劇団のレパートリーに加えられ、一六一三年に焼け落ちたが再興されたグローブ座でも公演が行われている。続く悲劇作品と考えられている『ギーズ』は、現存せず、詳細は一切不明である。

一六一五年にウェブスターは、サー・トマス・オヴァベリー（Sir Thomas Overbury, bap. 1581-1613）の『妻』（*Sir Thomas Overbury, His Wife*）に三二編の「性格短描」（'Characters'）を寄稿している。これは、一七、一八世紀のイギリスで人気のあったジャンルで、特定の人物または類型的な人物の美徳や悪徳を分析的に描写したものである。ウェブスターが手本としたのは、一六〇八年出版のジョゼフ・ホール（Joseph Hall, 1574-1656）『美徳と悪徳の短描』（*Characters of Vertues and Vices*）であるが、『白い悪魔』には、枢機卿モンティチェルゾーが、「売春婦」（'whore'）の短描として「彼女らはまず、それを食べるものを腐らせる砂糖菓子だ」（'They are first, / Sweete meates which rot the eater', 3.2.80-一）云々と語り始めている台詞がある。また、『モルフィ公爵夫人』の中で未亡人の公爵夫人が「私は結婚しない――」（'I'll never marry—', 1.1.289）と枢機卿をはぐらかしたり、『悪魔の訴訟』で未亡人のレオノーラが娘に「あなたのために……私は結婚しない」（'for your sakes, ... / I will never marry agen', 1.2.82-3）と嘘を言う時の表現は、「貞淑な未亡人」（'A virtuous Widdow'）の、「彼女の子どもたちのために、最初は結婚する、というのも彼女は子どもをもうけるために結婚したからで、子どもたちのために再婚はしない」（'For her childrens sake shee first marries, for shee married that shee might haue children, and for their sakes shee marries no more', sig. L3r）、そして「普通の未亡人」（'An ordinarie Widdow'）の、「彼女の夫の最期は涙で始まり、彼女の涙の最後は別の夫で始まる」（'The end of her Husband begins in teares; and the end of her teares beginnes in a Husband', sig. L4r）というウェブスター自身の短描で表現された考え方を反復しているのである。

おそらく一六一八年には、ウェブスター最後の単独作品、唯一の悲喜劇である『悪魔の訴訟』が書かれ、アン王妃一座によってドルーリー・レーンの新しい屋内劇場、コクピット座で上演されている。扱うジャンルの明らかな変化、人間性や社会に対するこれまでの哲学的な思索が全くではないにせよ影を潜めて、実際的な解決を優先させた結末の付け方は、一六一五年に父親が死んで家督を相続して以降のウェブスターが、安定志向へと舵を切った可能性を示唆していると論じる批評家もいる。また、ロンドンの法学院の一つであるインナー・テンプルの構成員たちが、新しい劇場のフェニックス座が開業することに反対していたため、彼らを懐柔する目的で書かれた法廷物の劇だと論じる学者もいる。これ以降の一〇年余りのあいだもウェブスターの作家活動は続くが、すべて他の劇作家との共作で、特筆するとすれば、一六二四年にヘイウッド、ローリーと共作した『寝取られ男の治療法』（*A Cure for a Cuckold*）が、ウェブスターのコラボ作品の中で最も優れたものだと評されているということだろう。最後の作品は、トマス・ヘイウッドとの共作で、一六二五年もしくは一六二六年に制作、上演された、ギリシア・ローマ古典作品に着想を得た『アッピウスとヴィルギニア』（*Appius and Virginia*）であった。死没年月日も明白に確定されたものではないが、おそらく一六三八年三月三日にセントジェームス教区の墓地に葬られたと考えられている。

✻『悪魔の訴訟』製作年代

一六二三年に出版された四折版のタイトルページに「お妃さまに仕える劇団により上演された」（'Acted by her Maiesties Seruants'）とあり、劇団「アン王妃一座」は、一六一九年三月二日のデンマークのアン死去以降は、この古い呼称を使っていないことから、初演は一六一九年二月以前であることはほとんど確実である。

また、ベン・ジョンソン作『悪魔は頓馬』の中にウェブスターが明らかに借用したと思われる表現が三ヵ所ある（1.2.173-85と2.1.155-8、および2.1.167-79）。その一つは、ジェームズ一世の時代

に人々を心配させた、地方の所領荒廃に関する台詞で、アリオストーが次のように言う時、

ほら、最近はよく見るでしょう、依頼者の物だったあの土地が今や弁護士の物となり、郷士のあの保有財産が今じゃ、彼の仕立て屋の物となっている。

why looke you, those lands that were the Clyents, are now become the Lawyers; and those tenements that were the Countrey Gentlemans, are now growen to be his Taylors.

(2.1.155-8)

次のベン・ジョンソンの表現に酷似している。

美しい土地、
それは依頼者たちの物だったのに、今や弁護士たちの物。
そこの、あの豊かな荘園は、仕立て屋さんの物だが、
かつてはヤード竿よりもたくさん木が生えていた。
この前の取得では、その仕立て屋の竿尺で、土地が計って分けられたのだ。

the fair lands
That were the client's are the lawyer's now,
And those rich manors there of goodman tailor's,
Had once more wood upon 'em, than the yard
By which th' were measured out for the last purchase.

(*The Devil Is an Ass*, 2.4.33-7)

この劇の上演が一六一六年一一月もしくは一二月だったことから『悪魔の訴訟』の完成は、それ以降ということになる。

一六一六年の一一月から一六一九年の二月のあいだでさらに詰めていくとなると、後は推測の域を出なくなる。四幕二場一一－一三行にある表現が、東インド諸島でのオランダとの敵対関係に関する時局的な言及だとすれば、最初の衝突の知らせがイギリスに伝わったのが、一六一八年の四月であることから、『悪魔の訴訟』製作はそれに続く時期であると推定する説もあるし、五幕四場で、サー・ウォルター・ローリーの処刑への言及があるとすれば、それは一六一八年の一〇月二九日のことである。また、エリザベス朝の終わり頃から、女性側の告発によって裁判が始まる事案が増えているが、この劇の中心的な法廷闘争の場面にも、同時代の状況が強く反映していると考えられている。自分の娘に財産を相続させるために訴えを起こした、第三代カンバーランド伯爵ジョージ・クリフォードの未亡人マーガレット・クリフォードの訴訟は有名で、彼女の死後、娘のアンはジェームズ一世にまで直訴したが、それが却下されたのが一六一七年だった。一六一八年には、長子相続権を非難して、ローマ法のように男女にかかわらず子どもたちに平等に相続させるべきと主張する論文が出版された。さらに、一六一七年に始まった、首席裁判官コークと彼の妻との裁判、もしくは一六一八年一月から一六一九年二月に争われたレイク対ルース裁判への間接的な言及があると考える研究者もいる。

首席裁判官サー・エドワード・コークと彼の妻、前ハットン夫人との裁判は長期にわたるものであった。最初の仲たがいは財産に関することで一五九八年の結婚後まもなくして起こったが、頂点に達したのは、一六一七年、彼らの娘フランシスの結婚に際してで、ハットン夫人の夫に対する告発は、公にもよく知られることとなった。

また、サー・トマス・レイクは、問題の訴訟が原因で一六一九年二月に国務大臣の職を解任されている。財産に関する争いの後で、レイク夫人は彼女の娘の夫であり、自分の義理の息子にあたるルース卿を訴えた。彼が、彼の義理の祖母にあたるエクセター伯爵夫人と近親相姦的な関係にあるという理由であった。さらにレイク夫人は、自分と自分の娘であるルース夫人を毒殺しようとしたとしてエクセター伯爵夫人をも訴えた。訴訟当事者の主張の重要な点は、エクセター伯爵夫人がウィンブルドンの館で、書面にした自らの罪の告白を読み上げ、それに署名をした、そしてそれを公爵夫人の、サラ・スオートンという侍女がアラス織の壁掛けの背後から目撃したということであった。伯爵夫人のほうは、名誉毀損罪でレイク夫妻とルース夫人を訴えた。星室裁判所に持ち込まれたこの訴訟はジェームズ一世の明察によって解決したと言われている。ウィンブルドンの問題の部屋が調査され、アラス織の壁掛けの下の縁から床まで約二フィートの隙間があり、サラ・スオートンが隠れて現場を目撃することは不可能であることが判明し、その結果、偽証が明らかとなったのである。一六一九年二月、レイク夫妻とルース夫人は罰金を払い収監されるが、レイク夫人は最後まで罪を認めることがなかったという。

この裁判は、節操のない、傲慢な妻のせいで、夫が犠牲者となる最たる例であるというのが一般の見方であったから、『悪魔の訴訟』三幕三場でのロメリオの台詞——

ああ、嫉妬心、
何と凶暴な、特に女たちの中で、
何としばしば、訴訟という形で
地獄から悪魔を呼び出したことか！

oh Jelousie,
How violent, especially in women,
How often has it raisd the Devil up

In forme of a Law-case!

(3.3.199-202)

——が、当時の観客たちにレイク対ルース裁判を想起させた可能性は否定できないだろう。しかしながら、この訴訟事件が、『悪魔の訴訟』の製作年代に決定的な鍵を提供するわけではないので、一六一八年が完成年としては最も有力な候補でありつつ、一六一七年から一六一九年のあいだの完成を想定するのが正解の近似値であろう。

✼材源

『悪魔の訴訟』全体を通しての材源は見つかっておらず、おそらくウェブスター自身の創作であると考えられる。しかし、ロメリオが意図せずコンタリーノの命を救う筋には、ほぼ確実な材源が、レオノーラが自分の貞節を犠牲にして実の息子に復讐しようとする筋にも可能性の高い材源が、見つかっている。

前者に関しては、ウェブスターが、エドワード・グライムストン（Edward Grimeston, died 1640）が一六〇七年に英訳出版した、ジーモン・グーラー（Simon Goulart, 1543-1628）の『驚くべき、そして記憶すべき歴史』（*Histoires Admirables et Memorables de Nostre Temps*, 1607）を読んでいたことがわかっている。その中の「尋常ならざる治癒」という見出しの記事には、あるイタリア人が、口論した敵が病気になって死にかかっていると聞いて、その病床に訪れ、自らの手で殺してやる、と短剣で刺して逃げたこと、ところがその敵は、多量の出血のおかげで健康を回復し、皮肉にも命を取り留めたということが書かれている。

後者に関しては、極めて類似したプロットをもつ戯曲が残っている。スペイン国王の母親で未亡人のユージニアが、彼女の愛する男に危害を加えた自分の息子に、相続財産を奪うことで復讐するために、彼が実は私生児であるという噂を広めただけでなく、良心の呵責に耐えられないから公衆の面前であらゆる仔細を話すのだという振りをして、枢機卿メンドーサが父親だと主張する、ところが最終的には、この名指しされた父親によってその彼女のでっち上げが否定される、というものである。問題は、作者不詳の、この『情欲の支配』(*Lust's Dominion*)という戯曲をウェブスターが知っていたかどうかということである。出版自体は一六五七年であるが、この劇の製作には、マーストン、デッカー、ホートン、デイが関わっており、一五九〇年代に完成していた。そしてこの劇は、劇場経営者のフィリップ・ヘンズローが、一六〇〇年二月一三日に、脚本料の分割金三ポンドを支払った記録のある劇、『スペインのムーア人の悲劇』(*The Spanish Moor's Tragedy*)と同じものであるという説があって、それが正しいとすれば最有力の材源と言えるだろう。しかし、『スペインのムーア人の悲劇』自体が現存していないため、ウェブスターがこれを材源としたかどうかは推測の域を出ない。

五幕六場での決闘による司法裁定に関する手続きや文言については、決闘の手引書でもあったジョン・セルデン（John Selden, 1584-1654）の『決闘、もしくは一騎打ちの規則』（*The Duello, or Single Combat*［1610］）が使われていたことが判明している。

❋『悪魔の訴訟』と初期近代の経済

初期近代において、土地保有に基礎を置く中世の経済が萌芽期の資本主義経済へと変容する過程は、土地を保有するジェントリー階級と貴族階級一般の衰退とも平行していた。すなわち、資本主義的な土地保有と地代を徴収する権利の売買が、土地の流動性（liquidity）——ベン・ジョンソンやフィリップ・マッシンジャーの演劇に登場する人物が、失われていく土地を、まるで液体化しているかのように、「何エイカーもが溶ける」（'the acres melt', Ben Jonson, *Epicene*, 2.2.81-2）とか「溶けていく」（'the acres melting', Philip Massinger, *The City Madam*, 3.3.36）と表現した変化——を促進したのである。ウェブスターは、『白い悪魔』（一六一二年頃）の中で、フラミニオーに彼の貧困の原因について「父上は自分が紳士だと身をもって示し、土地を全部売り払ってしまった」（'My father prov'd himselfe a Gentleman, / Sold al's land', 1.2.301-2）、と不満を言わせているが、これは、一六世紀末から一七世紀初頭にかけての紳士や郷士が、従来のように土地を所有することで自らの爵位を裏打ちするのではなく、むしろ流行に従って不動産を売却し、その挙句に身代を滅ぼしてしまうのが紋章を使用する貴族の為すべきことだ、という皮肉なのである。

不動産譲渡の問題は、『悪魔の訴訟』でも一幕一場から、貴族コンタリーノーの思惑として表されている。ロメリオは自分の妹と結婚しようとしているコンタリーノーを「土地を売りたいというのを／口実にして」自分の家に入り浸っている、と言い、母親のレオノーラは、貴族たちのそのような最近の傾向自体を非難して、「土地の荒廃は、／……あらゆる人々が／憐れむに値する没落」だから、「その不動産を売るためではなく、分与するために、／ここへいらしてほしかった」とコンタリーノーに言い聞かせるのである。紳士コンタリーノー自身の台詞も既に商業用語に溢れており、ジョレンタとの縁談も彼にとっては「商取引」（'a businesse', 1.1.85）であり、ライバルのエルコールには、この「高価な買い付け」（'so deare a purchase', 1.2.248）は叶わない望みだと考えている。これは、人物設定として、同じ貴族階級に属してはいても、騎士道精神に満ちたエルコールとの際立った違いである。シェイクスピア作品でも見られるように、外面と内面の乖離という主題は、中身や本質的なものよりも包みや箱、商品の表面的な見場に価値を置く資本主義経済と密接に繋がっている問題だと思われる。劇の展開として、エルコールが最終場面で、ムーア人に変装したジョレンタの外面に囚われず、最初に彼女に気付くことができたことや、最終的にジョレンタとの結婚に至ったのは、何よりも彼が、コンタリーノーと違って商人化されていなかったこと、ジョレンタを商品化しなかったことに理由があるのではないかと考えられる。

消費経済や商人に対するウェブスターの否定的な感情は、それがあるとすれば、主人公であるロメリオの顛末にも反映されているように思われる。熟年の成功した商人として登場する彼は、中産階級の人間がもつ、貴族階級への強い嫌悪感を、それが「過ぎ去った時代の／迷信的な遺物以外の何物でもない」と断じて、露わにしている。商人の生活の拠り所は、金銭であって、経済は、金銭や商品が交換され、循環することによって利潤を生んでいく。商人にとっては、土地のような不動産もまた、お金に換えられて、流動性をもつこと、比喩的に言えば、「溶けて」液化し、流れることによってこそ、より大きな価値をもつようになる。かくして、エネルギーとヴァイタリティーに満ち溢れた商人ロメリオが、コンタリーノーに説く信念は、当然ながら「動く」ことの価値である。

偉大な精神の持ち主にとって最も重要な活動は
けっして活動を止めないということです。魂というものが、
数学的正確さで動く、たぐいまれな、かつ綿密に作られた
部品をもつ肉体の中に、じっと動かないでいるために
入れられたとは決して思うべきではないですよ。

The chiefest action for a man of great spirit,
Is never to be out of action: we should thinke
The soule was never put into the body,
Which has so many rare and curious pieces

Of Mathematicall motion, to stand still.

（1.1.65-9）

「動く」ことは、商人にとっては先手を打つこと、先物取引であり、機先を制することでもある。しかしながら、皮肉なのは、『悪魔の訴訟』という劇の中では、率先した行動が行為者の意図を裏切り、全く違った結果をもたらすことが繰り返されるということである。放っておけば死んだはずのコンタリーノーを、ロメリオがわざわざ動いて、刺したがために生き返らせてしまった展開は、この主題の最たる例である。だから、沈むとは夢にも思わなかった自分の商船をすべて失ったロメリオは、早くも二幕一場の終わりには、自らの流動性が、自らの破滅と一体であることを悟るようにもなる。

ああ、俺は、水のように流れ出ちまった。世界で一番大きな川だって海に注いでなくなっちまう、俺も同じだ。

Oh I am powr'd out like water, the greatest Rivers i'th world are lost in the Sea, and so am I[.]

（2.1.323-4）

『旧約聖書』の「伝道の書」第一章第七節に「川はみな、海に流れ入る、／しかし海は満ちることがない」とある。大きな損失を被った商人ロメリオの憂鬱は、次に続く台詞「放っておいてくれ」という言葉にも表されているが、伝道者の言葉「いっさいは空である。／日の下で人が労するすべての労苦は、／その身になんの益があるか」に通じるものでもある。シェイクスピアの『オセロウ』（一六〇四年）では、騙されたオセロウが、デズデモウナが売春婦、すなわち肉体という商品を売る女と化してしまったと信じ込み、「彼女は、水のように浮気だった」（'She was false as water', 5.2.132）と叫ぶ台詞があるが、商業的な流動性は、ウェブスターの『悪魔の訴訟』においても否定的に考えられている可能性は排除できないだろう。

✻女嫌いの言説

一七世紀初頭の家父長制度下にあって、手に負えない女性たちの傲慢ぶりは、社会的な制裁に値するものであった。スキミントン（skimmington）のような、いわゆるシャリヴァリの形で笑いものにすることによって、もしくは、鎖を付けて引き回したり、口輪や鉄の轡《くつわ》をかけて苦痛を与えることによって、女性たちの乱暴さや口やかましさは制御されてしかるべきものであった。四幕二場で女中のウィニフリッドが、「荷馬車の尻んところで鞭打たれて涙の踊りを踊らされる」だろう、と言われるのも、五幕四場のサニトネッラとジュリオーとのやり取りの中で「悲しみがずぶ濡れにする」とはどういうことか、の答えとして「いいえ、がみがみ女が水の中に落とされて、懲罰椅子から出てきた時ですよ」と冗談が言われる時も、当時の観客たちにとっては、秩序を壊した女性たちに対する、至極まっとうな体罰、制裁として受け入れられていたものなのである。

ジョン・チェンバレンは、一六二〇年に書いた書簡の中で次のように当時のメディアがこぞって反秩序的な女性を体制の中でおとなしくさせようとしていた状況を伝えている。

聖職者たちは絶えず女性たちの傲慢さや横柄な言行について説教壇から警鐘を鳴らしています。そしてその問題解決を助けるために、役者たちも同様に女性たちを非難してきました。さらに、バラッドやバラッドの歌い手も、それで女性たちは何処へ行っても、自分たちの耳がちくちく痛まないということはないのです。（Chamberlain, ii, p. 289.）

この手紙の数週間前にジェームズ一世は、男装したり、髪を短く切ったり、短剣を持ち歩いたりする女性たちを厳しく非難するようにロンドン司教に指示しており、国王の考え方は、ジョゼフ・スウェトナム（Joseph Swetnam, died 1621）が一六一五年に出版した『淫らで怠惰、生意気で不貞な女たちに対する糾弾』（*Arraignment of Lewde, Idle, Froward, and Unconstant Women*）に共感するものでもあった。『悪魔の訴訟』の裁判官クリスピアーノーが三幕一場で、「国王は最近、女性たちによって／どんなに全くばかげた策略が仕掛けられているかも報告を受けておられる」と言う時、当時の観客たちは、ジェームズ一世を思い浮かべたに違いない。そしてクリスピアーノーもまた、法廷の役割とは「こういった女たちの／傲慢さを抑制すること」（'to curbe the insolencies / Of these women', 3.1.28-9）だと断言している。訴訟を起こした未亡人レオノーラは、ロメリオが嫡子であることを否定することによって、死んだ夫を寝取られ男に貶めるだけではなく、相続財産をすべて女の手にもたらそうとしたことになる。この劇が上演された時代にあって、悪魔的な悪意の権化となったレオノーラの激しい復讐心とそれに起因する彼女の企みが、正義と秩序をもたらす法の裁きと、クリスピアーノーとアリオストーという形での必然的な権威によって、轡をはめられなければならないのは当然といえるだろう。

現代における『悪魔の訴訟』の評価は、明らかに『白い悪魔』や『モルフィ公爵夫人』よりも低く、その上演も稀である。しかしながら同時代、一七世紀の観客や読者にとっては、先行する二つの悲劇作品を凌駕する評価を受けていたと思われる証拠がある。そしてその評価基準は、この悲喜劇に見出される流動性への嫌悪感と伝統的な階級制度や家父長制度を擁護する道徳観念に基づいた言葉にあったように思われる。ウェブスターの作品中、『悪魔の訴訟』が当時の読者に最も人気のあった作品であったという一つの有力な証拠は、彼らが読書中に感銘を受けた言葉や引用して使える台詞を集めた「抜き書き帳」（commonplace books）の調査によるものである。特に、モンティドーローとエスティルによる調査の対象とされた、戯曲作品からの「抜き書き帳」編纂者たちの、四人のうちの三人が聖職者であり、彼らが自らの説教に再利用するために選んだ言葉が、『白い悪魔』や『モルフィ公爵夫人』からではなく、圧倒的に『悪魔の訴訟』から引用されている事実は興味深い。たとえば、エイブラハム・ライト（Abraham Wright, 1611-90）は、『悪魔の訴訟』から「道徳的な警告、女性嫌悪的な非難、そして人間社会や人間的な正義についての解説、すなわち従順や秩序を説くために適切な主題」（'moral warnings, misogynistic reproaches, and discussions of human society and human justice: appropriate topics for preaching obedience and order', Montedoro, p. 155.）を選んで、その言葉を写している。レオノーラが肖像画のモデルとしてポーズをとる女性たちの虚栄を嘲り、もし誰かに自分が描いてもらうなら「画家さんには、こっそり写し取ってほしいわ、たとえば、／私が敬虔に跪いて祈っている時とかの姿を。／そうすれば、絵には神々しい美しさがあって、／外観に魂が宿るわ」（'I would have a Paynter steale it, at such a time, / I were devoutly kneeling at my prayers, / There is then a heavenly beautie in't, the Soule / Mooves in the Superficies', 1.1.178-81）と言う個所もその一つである。ロメリオの台詞「もしも場所の卓越というものが救済をもたらすことができたのならば、／悪魔はけっして天から落ちはしなかった」（'If th'excellency of the place could have wrought salvation, / The Devill had nere falne from heaven', 3.3.15-6）やジョレンタの台詞「憚りなく申し上げます、真《まこと》の美しさとは、／ただ心の中にあるのみなり、と」（'I proclaim't without controle, / There's no true beauty, but ith Soule', 5.6.54-5）は、複数の備忘録筆者が抜き書きをしている。レオノーラは彼女の復讐心のために、ジョレンタは変装した黒い肌の色ゆえに、悪魔と同一視されるにもかかわらず、そしてロメリオは、明らかに社会規範や道徳に対して不従順な人物でありながら、「抜き書き帳」の編纂者たちは、台詞の文脈や戯曲のプロットから離れて、秩序や体制を維持するために利用できる言葉を取り出していたのである。『悪魔の訴訟』が初期近代の読者に人気があったとすれば、それは社会秩序や体制擁護に資する気の利いた言葉や適切な表現を、先行する悲劇作品よりも多分に含んでいたからに他ならない。

✼自己実現、社会秩序、そして悲喜劇

登場人物たちが、彼らの個としての願望を叶えたいと思うがゆえに、——その願望が情欲、貪欲さ、野心と見なされる場合は特にそうなのだが——それが、家族関係を壊し、延いては社会秩序に混乱を与えるという主題は、ウェブスターの単独作品すべてに共通している。しかし、ウェブスターの悲劇二作品においては、主人公たちの没落と破滅を招来する原因が、社会経済の流動性とそれに伴う、階級制度や家父長制度を転覆させようとする意志であることが、『悪魔の訴訟』よりももっと明白であるように思われる。『モルフィ公爵夫人』では、階級を無視して再婚を試みる公爵夫人が、暗に自分自身をダイヤモンドに喩えて「一番多くの宝石商の手を渡ってきたダイヤモンドが一番価値がある、と人々は言いますわ」（‘Diamonds are of most value, / They say, that have past through most Jewellers hands’, 1.1.286-7）と主張し、自らの悲劇に打ちひしがれながらも「市場では私の値段がもっと高いかもしれない」（‘I'th’ Market ... my price may be the higher’, 3.5.134）と信じている。『白い悪魔』では、不倫や殺人の罪を犯してでも自由恋愛を実践しようとする二人の関係が、

フランシスコー　　　　　　　　　　　　少しは哀れだな。
風雨にさらされて枯れた楡の木に付いたヤドリギ同様、
あいつは、あの女に絡みつかせて諸共に腐らせようぞ。

Francisco.　　　There's small pitty in't.
　Like mistle-tow on seare Elmes spent by weather,
　Let him cleave to her and both rot together.

（2.1.390-2）

と評される時、この比喩は、仲睦まじい夫婦の伝統的なイメージを喚起するようでいて、家父長制度下の序列を流動化した表現になっている。そこでの男女の優劣を考えれば、枯れた楡の木は年上の男性、すなわちここではブラチアーノー公爵を表し、それに絡みつくヤドリギは女性、すなわちここではヴィットリアを表すはずであるが、イメージは前者が後者に絡みつく形で表現されており、男女が逆転しているようにも思われるからである。

しかしながら強調しなければならないのは、観客や読者が、社会的、慣習的な圧力や伝統的な人間関係に抗う主人公たちの、個としての人間の激情と彼らの敗北に対して、共感と感動を、少なくとも「小さな憐れみ」（'small pitty'）を、感じるようにこれらの悲劇が作られていたことであろう。換言すれば、体制や権威に逆らって自らの願望を叶えようともがき、そして滅んでいく恋人たちに共感するように、そして個人の自由や私的な感情を犠牲にしてまで維持される社会秩序に対する疑念をちらとでも抱かせるように、作劇されているということである。

これらの作品の中で、階層秩序転覆の試みは、しばしば言語レベルでも反復されている。たとえば、『白い悪魔』のフラミニオーが使う比喩表現は、階級間、男女間の流動性を微妙に示唆する要素を内包しているように思われる。彼が、妹ヴィットリアの気を静めてブラチアーノーと仲直りさせようとして、「静かな女性は／大きな橋の下で流れる穏やかな水のようだ」（'A quiet woman / Is a still water under a great bridge', 4.2.175-6）と言う時、観客は、橋はブラチアーノー、水はヴィットリアを表していると理解するだろう。しかし、直後に続くフラミニオーの台詞――「人（男）は安全に橋（彼女・女）の下を通れるからな」（'A man may shoot her safely', 4.2.177）――は、当時、高潮の際に航行が悪名高いほど困難だったロンドン・ブリッジ下の川の流れのことを想起させながら、注意深い観客、少なくとも注意深い読者の理解を混乱させる。動詞'shoot'は、「～の下を素早く通る」（*OED*, 4.a）という意味と「～を性的に打ち負かす」（Cf. *OED*, 28; Williams, s.v. shoot）という意味が掛け合わされており、後者は男性上位を暗示するが、前者では、男は橋の下を通る船／水の位置に置かれ、女性上位のイメージをも同時に喚起してしまう。この場合には、橋がヴィットリアを表すのである。また、フラミニオーが、兄弟のマルチェッロと彼が仕えているフランシスコーとの主従関係を、

フラミニオー　ふーん、おまえは、偉大な公爵に付き従う
貧しい兵士だろ。魔女たちが、役に立つ使い魔たちを
養うように、おまえが惜しみなく与える血で、
ご主人様の勝利を供給してんだよ。

Flamineo　Hum! thou art a souldier,
Followest the great Duke, feedest his victories,
As witches do their serviceable spirits,
Even with thy prodigall bloud.
(3.1.36-9)

と言う時も、比喩の対応関係が奇妙に逆転している。確かに兵士も魔女も、共に自らの血を流して他者を養う主体ではあるが、ここでの他者は、前者では自分の上司、後者では自分の部下たちになっていて、注意深い観客の耳は、少なくとも読者は、兵士と公爵の階層が逆転しているかのような違和感を覚えてしまう。

さらに混乱させる比喩の例として、四幕二場でフラミニオーが語る、自分の口の中にいる害

虫を食べてくれた雌鳥を食べようとした恩知らずのワニの寓話（215-27）では、雌鳥は家来のフラミニオー、ワニは主人のブラチアーノーという解釈と、雌鳥はブラチアーノー、ワニはヴィットリアという解釈を、「比喩はあらゆる部分で妥当性をもつわけではない」（'the comparison hold not in every particle', 4.2.231）という口実の下に、混在、混乱した状態で、読者や観客は否応なく押し付けられるのである。こうなると比喩表現は性差も、それに伴う優劣や序列も無視された対応関係を前提にして解釈されねばならないばかりか、もはや寓意は、安定した、まことしやかな意味を供給しなくなり、寓話が伝えるべき教訓は、意味の流動性に押し流されて、その目的を達することができなくなる。これは、ある批評家が指摘したように、ウェブスターの「哲学的な反権威主義は、教訓主義的な形式と内容に対する嫌悪の形で表現される」（[Webster's] philosophical anti-authoritarianism expresses itself in an aversion to the form and content of didacticism', Goldberg, p. 13）という場合の具体例の一つだと言えるだろう。また、こうした男女の主従関係、階級間の表現レベルでの流動性は、黒人ムリナザールに変装した白人フランシスコーの、平等主義を思わせる台詞にも顕在化しているように思われる。彼が、「公爵と私とのあいだに何の違いがありますか？　二つの煉瓦のあいだに違いがないのと同じです、皆、同じ粘土でできている」（'What difference is betweene the Duke and I? No more than betweene two brickes; all made of one clay', 5.1.103-4）と言う時、自分の正体はブラチアーノーと同じ公爵だと暗にほのめかしているのだと解釈できるとしても、驚くべきは、次に続く、「ただの偶然で、一つは小塔のてっぺんに、もう一つは井戸の底に据えられただけかもしれない」(Onely't may bee one is plac't on the top of a turret; the other in the bottom of a well by meere chance, 5.1.104-6) という台詞であろう。社会的階層構造は、偶然の産物にすぎない。この考え方は、王権神授説と親和性をもつ、国王を頭、臣民を体に喩える統治体 (body politic) の概念や此の世を総べているのは神の摂理であるという考え方とは根本的に異なり、極めて無神論的、懐疑主義的であるからである。

ウェブスター自身も、宗教界、政界、法曹界にかかわらず、権力の座にある者が神によって聖任され、此の世で義に適った神の統治や裁きを行うことができる存在だとは考えていなかったように思われる。絶対的な権力が人間性の招来する無秩序や混沌状態を制御し統治すべきだという考え方は、一つのイデオロギーにすぎないと気付いていた。むしろ神不在の現実の世界を支配しているのは、金銭かもしれない。だからこそ、ウェブスターは、『白い悪魔』の中でコーネリアに、決闘が原因で殺された息子であってもキリスト教式の埋葬を要求する理由として「彼は教会に什分の一税を誤魔化さずに払ったのだから」('Since hee payd the Church tithes truly', 5.4.102) と皮肉を込めて言わせることができるのである。同様に『悪魔の訴訟』でも、神を信じない商人ロメリオは、「有徳の御仁として死ねるのは、／祭壇へ供物を捧げるお金持ち」('all die Worthies die worth payment / To the Altar Offerings', 2.3.102-3) と言ってのけることができるし、弁護士たちは、喜劇的に金銭的報酬への執着心が露呈するような台詞をしばしばあてがわれているのである。

ウェブスターがしばしば裁判の場面を舞台に載せるのは、それが社会の抑圧や統御を具現化する場であるからだが、『悪魔の訴訟』では、裁判官クリスピアーノーでさえも、『白い悪魔』や『モルフィ公爵夫人』の主人公たちが信じていたのと同じように、権力を後ろ盾にした法よりも人間の自然な感情のほうが優先するものだと認めてしまっている。彼は、裁判の最中に「我々の市民法」（'our Civill Law', 4.2.259）にではなく、「生きとし生けるものが／自然の理法に恭順するということが、全世界の支柱である」（'Obedience of creatures to the Law of Nature / Is the stay of the whole world', 4.2.257-8）、と主張して、不自然に思えるレオノーラの訴えを非難する。そして最終的に、レオノーラの人間として自然な、性的な願望は、悲喜劇というジャンルの要請で、あっけなく成就されることになるし、アンジョレッラも観客に向けての大団円での台詞で、

この私の恥が、正直な乙女たち皆に、
あまりに身持ちが悪くて彼女らには守ることができない、
この誓願を通して、驚くほど険しい天国への道を求めないように
警告できるかもしれない、とただ本当に願ってますわ。

I doe onely wish, that this my shame
May warne all honest Virgins, not to seeke
The way to Heaven, that is so wondrous steepe,

Thorough those vowes they are too fraile to keepe.

（5.6. 85-8）

と言って、カトリック的な独身主義（celibacy）を否定するだけでなく、人間の自然な感情を抑えることが愚かであることを認めている。

　当時の中産階級を構成していた多くの清教徒たちに、彼らの聖職者は、結婚には、当事者たちの気持ちや意思が優先されることが重要であることを説いており、親の取り決めによる結婚を公然と非難していた。ジョレンタの侍女が、ロメリオらの無理強いを聞いて、「この聖別されていない結婚なんか疫病に取り憑かれちまえ、って。連中のせいで、私たち女の祖先イヴがいつまでも私たちに残した、一番自然な願望を忌み嫌うようになる。」（'Plague of these unsanctified Matches; they make us lothe the most naturall desire our grandame *Eve* ever left us', 1.2.197-9）と叫んだのはそのためである。また、この「自然な願望」は、放蕩息子のジュリオーの女郎遊びですら、多少の弁護理由として扱われている。

アリオストー　ああ、若造、この世のあらゆる生き物の中で、淫乱には天罰が下るものだ。

ジュリオー　雄スズメが梅毒にかかったなんて、いつお聞きになりました？

Ariosto　O yong quat, incontinence is plagued in all the creatures of the world.
Julio　When did you ever heare, that a Cockesparrow had the French poxe?

(2.1.137-140)

権威を体現する弁護士アリオストーの説教めいた言葉は、自然の普遍真理であるかのような表現である。ジュリオーの応答は、実際の自然世界から相手の主張する規則に当てはまらない現象を選択して、いわば権威を脱構築する。ジュリオーの言葉に、なるほど、と頷く観客にとって、これが演劇の中で緊張を緩和するユーモアとして機能することは言うまでもない。

先行するウェブスターの二大悲劇と同じように、『悪魔の訴訟』は、伝統的な考え方や体制ではなく個人の自然な感情を擁護するような要素を多分に含んでいると思われる。にもかかわらず、この劇の主人公たちが観客や読者を、少なくとも悲劇ほど、感動させないのはなぜだろうか。その答えの一つは、ウェブスターの、当時人気のあった悲喜劇というジャンルの選択にあったのだろうと思われる。まず悲劇には、主人公たちの自然な激情とそれを抑圧する社会とのあいだの葛藤があり、それ故に彼らには滅びの美学を伝える詩があった。ところが、悲喜劇は、心理的な複雑さではなく、筋の展開の複雑さが特徴であって、その先に如何に調和した結末を作り出せるかということが劇作家の能力を評価することになるジャンルであった。『悪魔の訴訟』の場合、その結末は、確かにアリオストーが体現する法とカプチン会修道士が体現する教会による秩序の回復であるが、それと引き換えに、余計に登場人物の存在を薄っぺらなものに感じさせてしまっていることは否めないだろう。判決の場面でのレオノーラやロメリオの沈黙は、彼らの罪の自覚や悔い改めをむしろ不確かなものにしている。最終的に観客が舞台の上に見るのは、綺麗に、しかし説得力のない、言い換えれば、本当に愛し合っているのかどうかわからない、三組（もしウィニフリッドと外科医も最終場にいれば、四組）の男女が並んだ姿である。これらのカップルの内で最も注目を集めるべきは、レオノーラとコンタリーノーであろう。だが、三幕三場の独白で、自らの気持ちを「一番強くて、／一番激しくて、一番我慢できない」（'most strong, / Most violent, most unresistable', 3.3.263-4）、「不可能な欲望」（'impossible desire', 3.3.252）だと告白するレオノーラの言葉でさえ、どれほどの観客や読者が共感できたのか疑うこともできるだろう。ヴィットリアの妻子ある貴族への想いやモルフィ公爵夫人の一介の執事に対する熱い想いと比べると、三〇歳以上離れた、放蕩癖のある若いしゃれ者貴族への恋心は、むしろ喜劇的な演出を期待され、彼女の大袈裟な台詞は、観客や読者との感情的距離を取らせるものとして機能する可能性もあるはずだろう。また、レオノーラの訴訟は、女性擁護論的な視点から見ると、決して忌むべきものではなく、「きっとご婦人方すべてに、彼女らの子どもたちの／身分に関する問題点を正すための正しい道を教えることであろう」（'it shall teach / All Ladies the right path to rectifie their issue', 4.1.110-1）と言って弁護するコンティルーポーの台詞を引用して、彼女が「女性たちのための新しい権利を確立する人物」だと論じようとしても、観客や読者は、この弁護士が自らの「陳腐な熱弁」（'stale declaiming', 4.2.149）

に酔いしれる喜劇的な登場人物であることを勘案して、彼の主張をとても真剣には受け取れないのである。

悲喜劇というジャンルのもう一つの特徴は、悲劇的な要素と芝居がかった演技、台詞、わざとらしい伏線とが共存しているということである。たとえば、四幕三場の裁判の場面で、ロメリオは、おそらく悲劇役者と同じ熱量で、自らの無罪を主張している。

ロメリオ　恐れには、地震と一緒に、海での難破、
　もしくは天に現れた前兆と一緒に、暮らしてもらいましょう。
　私は自らを自分の真実の心の高貴さの、はるか数尋下にまで置いて、
　恐れるということはできません。
アリオストー　とても立派な言葉だ、請け合うよ。それに何らかの
　内実が伴えば、だがな。

Romelio Let feare dwell with Earth-quakes,
Shipwracks at Sea, or Prodegies in heaven,
I cannot set my selfe so many fathome
Beneath the haight of my true heart, as feare.

Ariosto Very fine words I assure you, if they were
To any purpose.

(4.2.90-5)

確かにウェブスター自身は、『悪魔の訴訟』を「詩」（'Poeme', 'To the Juditious Reader'）だと考えていた。しかしながら、悲喜劇というジャンルの中で使われる「詩」は、悲劇のそれとは、性質を異にするものにならざるをえない。ロメリオの荘重な言葉は、直後のアリオストーのコメントのせいで、急落法（bathos）的な効果をもち、真剣であればあるだけその大袈裟さが強調されて、滑稽に演出することができるのも確かであろう。

悲喜劇というジャンルは、権威や権力を滑稽に扱うことで、社会秩序や体制の関節をはずすことができる一方で、この社会秩序や体制に抗う真剣さをも笑いに換えてしまう可能性があるために、感情的、知的な確信をもった英雄を描くことができなくなる。ジョン・フレッチャー（John Fletcher, 1579-1625）が流行らせた、一貫性を欠くこの形式では、シェイクスピアの観客が馴染んでいた、より複雑な問題を孕んだ主題を扱うには無理があったということを指摘する批評家もいる。つまり、まさにこの悲劇でもない喜劇でもない中途半端こそが、現代の観客や読者にとって『悪魔の訴訟』をウェブスターの傑作の一つとして評価することを難しくしている大きな理由だと思われる。かくして悲劇が、人間の情念を社会秩序や体制の中に無理やり回収しようとする時の摩擦によって感動を呼び起こす一方で、悲喜劇は、その摩擦を笑いの中に回収し、問題を如何にも見事に解決した振りをして、観客から満足の拍手喝采をいただくのである。

参考文献

Blessing, Carol. "'It shall teach all Ladies the right path to rectifie their issue": Bastardy Law in John Webster's *The Devil's Law-Case'*. *ANQ: A Quarterly Journal of Short Articles, Notes, and Reviews* (2018), 31, 3, 161-167.

Bliss, Lee. *The World's Perspective: John Webster and the Jacobean Drama*. Brighton, Sussex: The Harvester Press, 1983.

Chamberlain, John. *The Letters of John Chamberlain*, 2 vols. Ed. Norman Egbert McClure. Philadelphia: American Philosophical Society, 1939.

Coleman, David. *John Webster, Renaissance Dramatist*. Edinburgh: Edinburgh University Press, 2010.

Donne, John. *The Poems of John Donne*, 2 vols. Ed. Robin Robbins. Harlow: Pearson, 2008.

Goldberg, Dena. *Between Worlds: A Study of the Plays of John Webster*. Waterloo, Ontario: Wilfrid Laurier University Press, 1987.

Gunby, David. 'Webster, John (1578x80-1638?)'. *Oxford Dictionary of National Biography*. Ed. H. C. G. Matthew and Brian Harrison. Oxford: Oxford University Press, 2004.

Hawkins, Sir Richard. *The Observations of Sir Richard Havvkins Knight, in his Voiage into the South Sea. Anno Domini 1593*. London: printed by I[ohn] D[awson] for Iohn Iaggard, 1622.

Herrick, Robert. *The Complete Poetry of Robert Herrick*, 2 vols. Ed. Tom Cain and Ruth Connolly. Oxford: Oxford University Press, 2013.

Holy Bible. The King James Version. 1611; New York: American Bible Society, 1978.

Impey, Oliver and Arthur MacGregor, ed. *The Origins of Museums: The Cabinet of Curiosities in Sixteenth- and Seventeenth-Century Europe*. 1985; London: House of Stratus, 2001.

Jonson, Ben. *The Cambridge Edition of the Works of Ben Jonson*. 7 vols. Ed. David Bevington, Martin Butler, and Ian Donaldson. Cambridge: Cambridge University Press, 2012.

Marlowe, Christopher. *Dr Faustus*. New Mermaids. Ed. Roma Gill. 1989; London: A & C Black, 1998.

Marvell, Andrew. *The Poems of Andrew Marvell*. Revised Edition. Ed. Nigel Smith. Harlow: Pearson, 2007.

Massinger, Philip. *The Plays and Poems of Philip Massinger*. Ed. Philip Edwards and Colin Gibson, 4 vols. Oxford: Clarendon Press, 1976.

Milton, John. *Paradise Lost*. Ed. Alastair Fowler. 1968; Harlow: Longman, 1971.

Montaigne, Michel de. *Essayes*. Trans. John Florio. London: Melch. Bradwood for Edward Blount and William Barret, 1613.

Montedoro, Beatrice and Laura Estill. 'Seventeenth-Century Approaches to *The Devil's Law-Case*'. *ANQ: A Quarterly Journal of Short Articles, Notes, and Reviews* 31, 3 (2018), 151-160.

Mortimer, Ian. *The Time Traveller's Guide to Elizabethan England*. 2012; Dublin: Vintage, 2021.

Overbury, Sir Thomas. *Sir Thomas Overbury his Wife. With Additions of New News, and Diuers More Characters, (Neuer before Annexed) Written by Himselfe and Other Learned Gentlemen*. London: printed by Edward Griffin for Laurence L'isle, 1618.

Oxford English Dictionary. Ed. James A. H. Murray, et. al. 1933; Oxford: Clarendon Press, 1978.

Plutarch. *The Lives of the Noble Grecians and Romaines*. London: Richard Field, 1612.

Shakespeare, William. *Hamlet*. The Arden Shakespeare. Ed. Ann Thompson and Neil Taylor. 2006; London: Bloomsbury, 2013.

---, *Othello*. Revised Edition. The Arden Shakespeare. Ed. E. A. J. Honigmann. London: Bloomsbury, 2016.

---, *King Lear*. The Arden Shakespeare. Ed. R. A. Foakes. 1997; London: Bloomsbury, 2014.

---, *Sonnets*. The Arden Shakespeare. Ed. Katherine Duncan-Jones. Walton-on-Thames, Surrey, Thomas Nelson and Sons Ltd, 1997.

Tilley, Morris Palmer. *A Dictionary of the Proverbs in England in the Sixteenth and the Seventeenth Centuries: A Collection of the Proverbs Found in English Literature and the Dictionaries of the Period*. Ann Arbor: University of Michigan Press, 1950.

Webster, John. *The Works of John Webster. Volume One: The White Devil, The Duchess of Malfi*. Ed. David Gunby, David Carnegie and Antony Hammond. 1995; Cambridge: Cambridge University Press, 2007.

---, *The Selected Plays of John Webster: The White Devil, The Duchess of Malfi, The Devil's Law Case*. Ed. Jonathan Dollimore and Alan Sinfield. 1983; Cambridge: Cambridge University Press, 2008.

---, *Three Plays: The White Devil, The Duchess of Malfi, The Devil's Law-Case*. Introd. and Notes D. C. Gunby. 1972; Harmondsworth: Penguin, 1987.

---, *The Devil's Law-Case*. New Mermaids. Ed. Elizabeth M. Brennan. London: Ernest Benn Limited, 1975.

Williams, Gordon. *A Dictionary of Sexual Language and Imagery in Shakespearean and Stuart Literature*, 3 vols. London: the Athlone Press, 1994.

訳者あとがき

『悪魔の訴訟』は、現存するウェブスター作品の中で、知られている限り、彼が一人で書いた唯一の悲喜劇である。先行する二つの悲劇『白い悪魔』と『モルフィ公爵夫人』は、上演回数の点からも戯曲作品としての質からもウェブスターの代表作としてこれまでも評価されてきた。小田島雄志は「ウェブスターを知るにはこの二作を見ればたりる」とまで言った。しかし、近年の研究では、一七世紀にあっては、『悪魔の訴訟』こそが、最も評価の高い作品であった可能性が報告されている。また、ウェブスターの英文のテクストとしては、現代ではこの三作品が一塊として扱われることがほぼ常識となっているが、邦訳としては拙訳が初めての試みである。小鳥遊書房の林田こずえさんには、「歴史的資料としても作品としても残していきたい一冊」として、出版を引き受けてもらったことに厚く御礼申し上げる。残すべきだから残す。これが、近年の普通の、他の出版社には言いたくても言えない言葉であることはよくわかっている。

翻訳に際しては、当初、できるだけ現代の上演にも耐えうるように、こなれた日本語に置き換えたいという願いがあったが、原文を読む学生のためにできるだけ英語の構文に忠実な表現に拘りたいという相反する願いの前で、それは結果として見事に砕け散ったように思う。さて、もちろんこの訳業の学問上の重要性や価値、現代的な意義について論じることはできる。しかし、本当のところは極めて個人的な動機に基づいている。私は、もしもあの娘《こ》が生きていたならば、もしも、望んでいたように研究者や演劇に携わる仕事に就いていたならば、彼女が積み重ねていったに違いない業績の一つとして、あの娘《こ》の代わりに、ささやかな何かを残したかっただけなのだ。

　小さな頃から喜怒哀楽の激しい子だった。役者になりたい、という彼女の言葉を聞いたとき、この子の天職に違いないと思った。イギリスで演劇を勉強したい、と志して、奨学金を得るための面接試験では、ジュリエットのバルコニー・シーンでの台詞を朗誦したそうだ。それを聞く審査委員の目には涙が浮かんでいた、と彼女は言っていた。ロンドンでたくさんの演劇を観たり、グローブ座のサマー・セミナーに参加したりしただけでなく、チチェスターという小さな街にあるコレッジで二年間、演劇の勉強もした。そこでは、マクベス夫人やモルフィ公爵夫人の役を勝ち取り、演ずることができた、と誇らしげに教えてくれたことがある。帰国してからも、私の戯曲の授業で目を輝かし、ウェブスターの『白い悪魔』か『モルフィ公爵夫人』で卒論を書きたいと言った。東京大学の河合祥一郎先生を頼って、シェイクスピア演劇の舞台稽古に入る前の読み合わせに参加させていただいたこともあった。大学院へ進んで、もっと演劇の勉強がしたい、と言っていた。

愛する娘《むすめ》の希望に溢れた前途をすべて奪ってしまったのは、嫉妬に狂った悪魔でした。そして二六歳になる誕生日の前夜、彼女を連れて行ったのは、死神。お父さんには、未だにそうとしか思えない。千尋、ウェブスターが一人で書いた戯曲は、一緒に読めなかったけれど、もう一つ残ってるんだよ。その『悪魔の訴訟』の登場人物の一人、ジュリオーは、「愛ゆえに首を吊ったり溺れ死んだりするんじゃなきゃ、／誰も本当に完全に愛しているといえる者はいない」と信じている。でも、ウェブスターは、ジュリオーを笑いものにしているし、お父さんと同じように、彼の考えは「間違ってる」と思っている。この劇にも悲劇と同じように悪魔や死神が出てくる。でも、悲喜劇なんだ。とにかく笑って終われる。

二〇二二年、娘が逝ってから三度目の晩秋に。

【著者】

ジョン・ウェブスター

(John Webster)

1578/80-1638年、イギリスで活躍した、シェイクスピアの次世代劇作家。
第71回アカデミー賞を受賞した映画『恋に落ちたシェイクスピア』(1978年)にも、
ネコの前でネズミをぶらさげながら、演劇は残酷でなければおもしろくない、
とシェイクスピアに言う陰気な少年として登場している。
ジャコビアン・トラジディーの代表的作家で、
単独での有名な作品に『白い悪魔』(*The White Devil*, 1608年頃)、
『モルフィ公爵夫人』(*The Duchess of Malfi*, 1614年頃)がある。

【訳者】

吉中 孝志

(よしなか・たかし)

1959年広島市生まれ。広島大学文学部卒。
広島大学大学院文学研究科英文学専攻博士課程前期修了。
英国オックスフォード大学より M.Litt. 及び D.Phil. の学位を取得。
関西大学を経て、2001年より広島大学大学院文学研究科
(現在は人間社会科学研究科)教授。
著書に *Marvell's Ambivalence: Religion and the Politics of Imagination in Mid-Seventeeeenth-Century England* (Cambridge: D. S. Brewer, 2011)、
『花を見つめる詩人たち——マーヴェルの庭とワーズワスの庭』(研究社、2017年)、
訳書に『ヘンリー・ヴォーン詩集——光と平安を求めて』(広島大学出版会、2006年)、
共著に『英詩に迷い込んだ猫たち』(小鳥遊書房、2022年)、
論文に 'The Politics of Traducianism and Robert Herrick'
(*The Seventeenth Century*, 19, 2 [2004])、
'Columbus's Egg in Milton's *Paradise Lost*'
(*Notes and Queries*, New Series, 54, 1 [March 2007])、
'Where did Julia Sit?: Another Borrowing from Montaigne in
John Webster's *The Duchess of Malfi* (*Notes and Queries*, New Series, 67, 2 [2020])
などがある。

悪魔《あくま》の訴訟《そしょう》

またのタイトル、女《おんな》が法《ほう》に訴《うった》える時《とき》、悪魔《あくま》が忙《いそが》し

2023年3月28日　第1刷発行

【著者】
ジョン・ウェブスター

【訳者】
吉中 孝志

発行者：高梨 治

発行所：株式会社**小鳥遊《たかなし》書房**
〒102-0071　東京都千代田区富士見1-7-6-5F
電話 03 (6265) 4910（代表）／FAX　03 (6265) 4902
https://www.tkns-shobou.co.jp
info@tkns-shobou.co.jp

装幀　鳴田小夜子（KOGUMA OFFICE）
印刷　モリモト印刷(株)
製本　(株) 村上製本所
ISBN978-4-86780-012-6　C0074